KB266874

색연필을 흔들던 아이는
어떻게 천재 화가가 되었을까

일러두기

- 이 책은 2025년 《에이블뉴스》에 연재된 칼럼 〈장윤경의 색연필 시선〉을 엮었습니다.

색연필을 흔들던 아이는
어떻게 천재 화가가 되었을까

장윤경 지음

스미다

○●

아들 양예준의 가톨릭 세례식. '사도 요한'이라는 세례명을 받았다.
2015년 10월 15일 일요일.

○●

프로젝트 A
멘토링 공모전
2차 드로잉 시험장에서
그린 〈하트 하수구 판〉.

첫 멘토 선생님의 칭찬으로 자신의 모습을 처음 벽에 그리고 있는 아들의 모습.

서울시민청 첫 전시 기념사진.

환경 다큐를 본 뒤, 고래와 물고기를 그리는 모습.

폐렴으로 대학병원에 입원해서도
그림을 그리고 색칠했다.

제1회 근로자미술제 어린이 부문 시상식에 참여해
대상 소감을 발표 중이다.

학교에서 돌아와 오랜 시간 그림을 색칠하며 스스로 강박과 불안을 조절하는 아들.
못다 한 이야기를 그림으로 표현하고 있다.

집에서 조용히 홀로 앉아 그림을 그리던 아들은
마치 학교에서의 슬픔을 스스로 위로하는 듯했다.

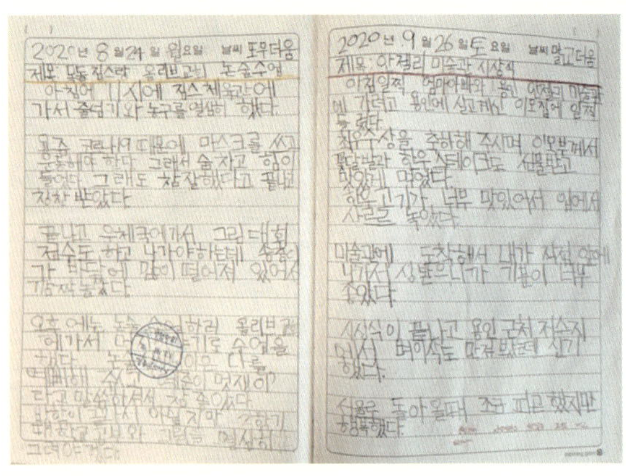

팬데믹 시기, 담임선생님께서도 방학 기간 하루도 빠짐없이
써온 30장의 일기와 글씨체에 놀라는 눈치셨다.

아들의 코로나19 캠페인 촬영 영상이 통편집된 줄 알았는데
놀랍게도 엔딩 장면에서 클로즈업되었다.

아들의 그림이 실린 코로나19 캠페인 버스는
2년 반 동안 서울 지역을 누볐다.

○ ●

하루에 3시간씩 한 달하고 보름에 걸쳐
멸종위기동물 오랑우탄 작업을 했다.

아들이 완성한 〈우리 안에서 우리를 바라보는 오랑우탄〉.
2022 스타트 아트페어 주관 영국 사치갤러리 전시 공모전 최종 우승작.

아들이 초등학교 5학년 때
'그림 엄마' 커뮤니티에 올린 첫 작품 〈우크라이나를 위하여〉.
2023년 강원 트리엔날레 특별상(강원도지사상) 수상작.

2020년 1월, 제1회 스페셜올림픽코리아 미술공모전 대상을 수상한
〈나를 안아주는 우리 엄마〉.

2021년 5월, 아들의 자화상.

○●

2020년 1월 10일,
제18회 세계어린이 민화그리기
공모전에서 대상을 수상한
〈코로나를 물리친 무지개 호랑이〉.

○●

2022년 7월, 〈외할머니와 엄마〉.

○ ●

2022년 제3회 오티즘
엑스포 현장에서 처음 만난
한젬마 예술감독과 함께.

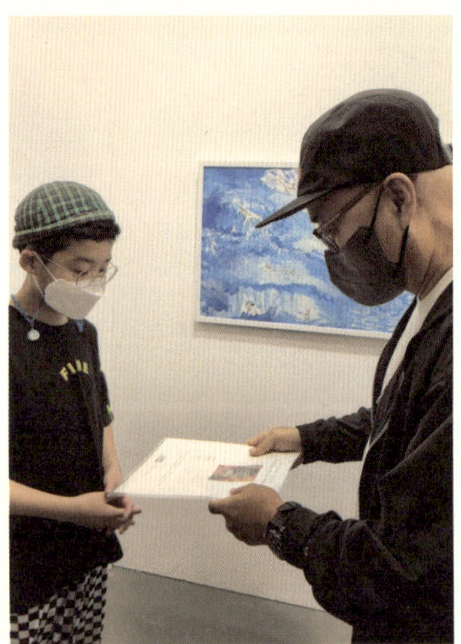

○ ●

2022년 9월,
성수동 스타트 아트페어
공모전 시상식.
경인교대 동양화과
김선형 교수에게 수상자 패를
건네받고 있다.

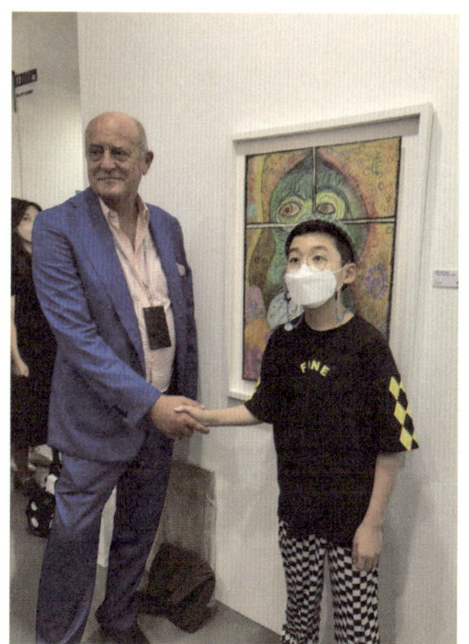

○●

2022 스타트 아트페어의
영국 대표 데이비드는 단독으로
기념사진을 촬영해주며
영국 잡지에 아들과 작품을
소개해주었다.

○●

2022년 제1회 러쉬 아트페어가
진행 중인 대학로 매장을
찾았다.

○●

예능 프로그램 토크에 출연 중인 러쉬코리아 우미령 대표 뒤로
아들의 작품이 보인다.

○●

영국 사치갤러리 전시 후
웃는 자신의 자화상과
마스크 사이로 행복의 눈물을
흘리고 있는 엄마의 모습을
그렸다.

최근 2026년 붉은 말의 새해를 열며
〈엄마와 나를 위한 기도〉 작품을 완성했다.

2부 마음을 그리는 색연필 화가가 되다

3부 '그림 엄마'와 함께

그림을 따라 자란 엄마

● 그림 이어주는 여자, 예술감독 한젬마 ●

이 책은 한 아이의 재능을 기록한 문집이 아니라, 한 시대가 인간을 다시 바라보는 방식에 대한 보고서다.

지금 이 땅에서 이 이야기가 지니는 의미와 필요성은 따로 증명할 필요가 없다. 이미 우리 앞에서, 한 생의 눈빛과 한 어머니의 문장으로 살아 움직이고 있기 때문이다.

모든 시작은 양예준이라는 이름에서 비롯된다.

어리다는 것은 시간의 숫자가 적다는 뜻일 뿐, 존재의 깊이까지 가늠하는 기준은 되지 못한다. 그가 화면 위에 펼쳐 놓는 세계는 나이를 가볍게 넘어섰고, 시대의 문턱마저 훌쩍 건너갔다. 우리는 그 그림 앞에서 먼저 놀라고, 이내 멈춰 선다. 그리고 묻게 된다. 이 어린 생이 어떻게 이런 세계를 그려 낼 수 있는가.

상식은 그 질문 앞에서 잠시 물러난다. 대신 넘쳐나는 예술성이 공간을 채운다. 그 순간, 예술은 이해의 대상이 아니라 체험의 영역이 된다.

아이의 그림 앞에서 떨리는 가슴으로 서 있던 한 사람이 있었다. 엄마였다.

그는 자랑보다 먼저 떨림을 알았고, 감탄보다 먼저 책임을 느꼈다. 그리고 그림 속 눈빛과 꼭 닮은 눈으로, 감사와 미안함이 뒤섞인 눈물을 오래 품고 살았다. 그 눈물은 약함의 증거가 아니었다. 오히려 감정을 밀어 올려 행동으로 바꾸는 힘이었다. 한편으로는 한없이 여리고, 다른 한편으로는 지성과 담대함으로 돌진하는, 모순을 껴안은 채 앞으로 나아가는 사람의 얼굴이었다.

예준은 발달장애의 극히 일부에서만 나타나는 서번트적 재능을 지녔다. 그러나 이 책은 재능의 희귀함을 과시하려는 기록이 아니다.

발견되고, 드러나고, 성장해가는 과정이 한 어머니의 문장을 통해 세상으로 흘러나오는 이야기다. 가려내지 않고, 꾸미지 않고, 그대로 내어놓는 태도 속에서 우리는 희망의 구조를 본다. 누군가의 삶이 누군가의 삶을 구원하는 방식이 어떻게 시작되는지를 보게 된다.

이 둘의 만남은 단순한 '천재 아이'와 '글 잘 쓰는 엄마'의 조합이 아니다. 서로를 통해 더 큰 역할로 밀려 나가는 관계다. 이 궁합이 열어 보인 것은 개인의 성공담이 아니라, 우리 사회가 아직 이름 붙이지 못한 가능성의 입구다.

세상은 종종 재능을 기적으로 부르고, 장애를 한계로 부른다. 그러나 예준의 그림 앞에 서면 그 구분은 무의미해진다. 그의 선과 색은 경이로움을 넘어 사람의 내면을 건드린다. 설명할 수 없는 곳을 두드리고, 잊고 있던 감각을 끌어낸다. 사람들이 그림 앞에서 멈추는 이유도, 말없이 오래 바라보게 되는 이유도 그 때문이다.

그리고 그 뒤에는 한 사람이 있다.

재능을 열어주고, 지켜주고, 보호하며, 스스로를 뒤로 물려 아이의 앞자리를 비워준 사람. 천재를 만든 것이 아니라, 천재가 스스로 살아갈 수 있도록 길을 내준 사람. 그 헌신과 결단이 때로는 작품보다 더 깊은 울림으로 다가온다.

위기는 종종 인생의 방향을 꺾는다. 그러나 어떤 삶은 그 꺾임을 전환점으로 삼는다. 이 이야기는 그 전환의 기록이다. 할 수 있음의 증거가 아니라, 해내려는 마음이 어떻게 현실을 바꾸는지 보여주는 과정이다.

이 책을 읽는 동안 우리는 한 아이의 성장보다 더 큰 것을 마주하게 된다. 감사와 도전, 그리고 겸손이라는 오래된 가치들이 다시 살아나는 장면이다. 예술이 인간을 어떻게 일으켜 세우는지, 한 가족의 이야기가 어떻게 한 사회의 질문이 되는지, 그 흐름 속에서 독자는 자신의 자리도 새롭게 돌아보게 된다.

결국 이 책은 한 사람의 재능에 대한 기록이 아니라, 인간이라는 존재가 서로를 통해 얼마나 멀리까지 확장될 수 있는지에 대한 증언이다. 그리고 그 증언은 지금, 여기에서 시작되고 있다.

그래도 살 만한 세상이라는 걸 알려준 사람

● 그림 엄마 리더맘, 정지원 작가의 엄마 박효영 ●

장윤경이라는 이름보다 나에게는 아직도 처음 들었던 '예준맘'이라는 호칭이 더 익숙합니다. 많은 사람이 그를 강해 보이고 쉽게 다가가기 어려운 사람이라고 말합니다. 저 역시 낯을 많이 가리는 편이라 쉽게 말을 붙이지 못할 줄 알았는데, 이상하게도 이 사람에게는 자연스럽게 다가가게 되었습니다. 이유 없이 정이 가는 사람이었습니다.

둘 다 발달장애를 가진 외동아들을 키우고 있어서인지, 시간을 함께 보내며 알게 된 예준맘은 겉으로 보이는 모습과는 달리 마음이 여리고 눈물이 많은 사람이었습니다. 강한 척하지만 속으로는 늘 고민하고, 조용히 흔들리고 있다는 것을 곁에 있어 보니 알게 되었습니다.

가끔 "언니, 나 어떡해" 하고 울면서 연락이 올 때면 제 마음도 함께 '쿵' 하고 내려앉지만, 그 한마디에 또 힘이 나는 저를 보게 됩니다. "누가 건드렸어? 누구야?" 하며 괜스레 아끼는 동생 일에 힘이 불끈 솟아납니다. 누군가에게 언니라 불린다는 것이 이렇게 책임감을 느끼면서 동시에 위로가 된다는 것을 예준맘을 통해 알았습니다. 전생에 정말 자매였나 싶을 만큼 우리는 자연스럽게 서로를 찾는 사이가 되었습니다. 사람이 살아가면서 마음을 나눌 곳 한 군데만 있어도 버틸 수 있다는 말을 우리는 자주 합니다. 돌이켜 보면 제 인생의 몇 안 되는 소중한 인연 중에 예준맘이 그렇게 들어와 있었습니다.

저도 발달장애아를 키우며 힘들고 지칠 때도 많았지만, 예준맘을 보며 '세상 그래도 살 만하다'는 생각을 하게 되었습니다. 이 책은 양예준 군의 이야기이기도 하지만 그 곁을 지킨 한 엄마의 시간, 그리고 함께 걸어온 우리들의 기록이라고 생각합니다.

저에게 예준맘은 참 고맙고 감사한 동생입니다. 이 글을 읽는 분들께도 그 따뜻한 마음이 고스란히 전해지길 바랍니다.

'크리스마스의 기적'에서 시작된 이야기

● 빅이슈코리아 상임이사 안병훈 ●

2021년 12월 15일자로 발행된 《빅이슈》 한국판 잡지는 처음으로 〈크리스마스 어린이 그림 표지 공모〉를 통해 시민 참여 표지를 시도했습니다. 그해 겨울 표지로 선정된 주인공은 이 책의 저자인 장윤경 님의 아들이자 작가인 양예준 군이었습니다.

"너무 신기하고 기적 같아서 지금도 믿어지지가 않아요. 제 꿈이 화가인데 제 그림을 많은 분이 보시고 행복한 크리스마스가 되면 좋겠어요. 더 많이 노력해서 언젠가 많은 분의 기억 속에 '마음을 그리는 화가'로 남고 싶어요."

양예준 군의 이 소감처럼, 산타와 루돌프의 익살스러운 얼굴과 희망을 부르는 노란빛이 담긴 그해의 《빅이슈》 크리스마스 특별 표지는 보는 이들의 마음을 따뜻하게 밝혀주었습니다. 거리에서 잡지를 판매하던 홈리스 판매원들과 독자들, 그리고 처음 시민 공모전을 시도했던 저에게도 그 겨울은 말 그대로 '크리스마스의 기적'과 같은 순간이었습니다.

공모전으로 시작된 작은 인연은 서로를 지지하는 관계로 이어졌고, 시간이 흐르며 한 아이의 이야기이자 한 가족의 이야기를 더 깊이 알게 되는 계기가 되었습니다. 그리고 저는 이 글들이 더 많은 사람에게 읽히기를 바라는 마음으로 출판사 스미다와 장윤경 님을 연결하게 되었습니다. 그렇게 시작된 만남이 결국 이 한 권의 책으로 이어졌습니다.

이 책은 아이를 키우는 한 엄마의 기록이지만, 동시에 우리 사회의 감수성을 비추는 거울이기도 합니다. 장윤경 님의 이야기는 사람이 서로를 살게 한다는 사실을 다시 떠올리게 해줍니다. 양예준 군이 자신의 색으로 성장해가고 있는 것처럼, 엄마 장윤경 님 역시 더 넓은 세상 속에서 자신만의 이야기를 써 내려가고 있습니다. 그래서 저는 믿습니다. 예준 군이 그려갈 다음 그림과 장윤경 님이 써 내려갈 다음 이야기가 앞으로도 더 많은 사람의 마음을 따뜻하게 밝혀줄 것이라고.

우리는 모두 특별한 천재이며
기적의 주인공이다

나는 여대에서 국문학을 전공했고, 한때 편집기자였다. 지금은 만 15세 발달장애 색연필 작가 양예준의 엄마이자 매니저로 최선을 다해 살고 있다.

아들 때문에 어찌 사나 했던 내가, 아들 덕분에 돈과 명예보다 더 소중한 것이 무엇인지 알게 되었다. '예준이 엄마'의 삶이 그 어느 때보다 행복하다면 이해가 될까?

아들을 키운 이야기가 책으로 만들어진다는 생각에 설렘이 크다가도, 어떤 날은 걱정이 밀려와 용기도 필요했다. 하지만 지금은 내가 겪은 이 마법 같은 이야기를 꼭 많은 이와 나누고 싶다는 마음의 소리만 남아 있다.

미술의 시작은 아들이 연필을 흔드는 '상동행동' 치료였다. 예준이가 무의미하게 흔드는 손짓, 상동행동을 멈춰야만 초등학교 생활도 가능하겠다 싶었다. 정신과 의사의 설득과 우리 부부의 많은 고민 끝에 입학 전 약물치료를 6개월간 시도했다. 그러나 손톱도 자라지 않고 손까지 떠는 부작용만 남아 중단이 불가피했다.

"예준아, 여기 스케치북이나 전지에다 흔들면서 색칠하면 안 될까?"

다시 약물을 끊자 상동행동을 보이는 아들에게 연필 흔드는 행동을 못 하게 할 것이 아니라, 나도 그 행동으로 함께 들어가보자고 생각했다. 아이가 왜 그러는지 나도 같이 느껴보고, 피할 수 없다면 즐겨보겠다고 다짐했다.

처음에는 미술학원도 찾았다. 가는 곳마다 발달장애라는 이유로 거부당했다. 어찌나 속상하던지, 그날 이후로 미술이란 예술 세계에 무작정 엄마표 미술로 뛰어들었다. 그리고 오늘도 아들과 함께 예술이란 행복에 미치고 있다. 나는 미술을 정식으로 공부해본 적이 없다. 이제는 아들을 위해 미술을 배우고자 뛰어든 그 정신과 노력만큼은 그 누구에게도 뒤지지 않을 자신이 있다.

'가랑비에 옷이 젖는다'는 말이 맞았다. 예준이는 하루에 적게는 3시간, 많게는 6시간 이상을 꼬박 앉아서 색연필을 흔들었다. 이렇게 만들어낸 9년간의 시간은 예준이에게 '작가'라는 이름표를 선물해주었다. 이제 아들의 상동행동은 무의미한 행동이 아닌, 의미 있는 손짓이자 예술이 된다.

나는 감히 말한다. 미술관을 찾아서 세계적인 작가의 작품을 감상하고 이해해야 내가 미술을 아는 사람이라 말할 수 있을까? 동서양 미술사나 미술평론가의 글만이 예술의 의미를 정확히 논했다고 할 수 있을까? 미술이란 분야는 예술을 전공한 특정인들만의 전유물이고 일반인들에게는 어려운 것일까? 미술 이론을 잘 모르면 어떻고, 평론을 읽지 않았으면 어떤가?

그보다 중요한 것은 내가 미술을 대하는 태도요, 마음이다. 내 마음과 시선을 붙잡고 내게 울림이라는 예술로 초대하는 작가의 작품이야말로 나만의 진정한 명화요, 예술이다. 단지, 내게는 그 예술로의 초대를 한 주인공이 아들이었을 뿐이다.

내가 그토록 간절히 원했기에 온 우주가 도운 것인지도 모른다. 순수 엄마표 미술치료로 아들은 2022년 영국 사치갤러리 청소년 참여 작가로 선정되었다. 2024년 서울시 창의과학예술 분야 최우수상, 대학부설 미술영재원 합격과 국내 미술대회 70여 개 수상, 2024 서울역광장 미디어전시 이력을 만들었다. 그 덕분에 서울시 양천구가 선정한 작가가 되어 개인전도 두 번 열었으니, 9년간 예술에 미치긴 했던 것 같다.

발달장애인이라 해서 아무것도 못 할 것이라는 선입견을 품은 사람들에게 나는 말하고 싶다. 우리는 모두 '특별한 천재들'이며 '기적의 주인공'이니, 그 누구도 한 사람의 미래를 함부로 평하지 말아야 한다고.

나는 이제 더는 아들의 미래가 두렵지 않다. "괜찮아, 넌, 잘해왔고 지금도 잘하고 있어." 나는 오늘도 나를 이렇게 안아주고 있다. 잊지 말아야 한다. 오늘 내 인생을 살아가는 나를 누구도 대신해서 완벽하게 안아줄 수 없다.

지금 이 순간, 자녀의 미래를 걱정하고 나와 같은 삶을 살아가고 있을 이들에게 내가 아들과 함께해온 시간의 한 조각을 선물하고 그들을 예술로 초대하고 싶다. 내가 아들과 만들어온 예술의 즐거움을 많은 이와 공유하고 싶다.

1부

아이 '덕분'에,
세상으로 한 걸음

예준이가 쏘아 올린 작은 공

'때문'이 아닌 '덕분'에

"왜 굳이 10년간의 장애 아들 이야기를 세상에 얘기하려고 해?"

누군가 내게 이렇게 묻는다면, 내가 세상에서 만난 이 마법 같은 이야기들을 꼭 장애아의 부모들과 치료사들, 그리고 나와 같이 고민하면서 사는 세상 모든 이에게 들려주고 싶어서라고 말하겠다.

나는 결코 자랑을 나열하려는 것이 아니다. 모두에게 내 이야기를 통해 희망을 노래하기 위해서다.

난 '장애도'라는 섬에서 탈출한 발달장애 청소년 양예준의 엄마다. 한때는 방송 일도 하고 전직 편집기자였지. 그러나 이제는 색연필 화가 아들의 매니저이자 1인 기획자라 당당히 말한다. 아들을 미술 회화 부문에서 70개 상을 받게 했고,

대학부설 영재원에 입학시켰으며, 서울시 창의과학예술 분야 시민상도 서울시장님께 받게 했고, 전국 발달장애 미술작가 커뮤니티의 리더 엄마로 활약하게 된 계기를 말이다. 그렇다. 바로 내 자랑스러운 아들 예준이 덕분이다.

10년 전이다. 나 역시 여느 부모들처럼 내가 낳은 아들은 똑똑하고 명석하리라 의심치 않았다. 그도 그럴 것이 남편도 전자공학 박사학위를 받았고 나 역시 기자 일을 한바, 우리 부부는 공부만큼은 자부심이 조금 있었다. 그러나 예준이가 태어나면서부터 현실을 인정하기가 쉽지 않았다. 조금 늦된 거겠지? 설마? 그럴 리가.

16개월 무렵부터 아들의 늦된 행동을 의심하며 나는 자폐성발달장애가 아니라는 소리를 얼마나 듣고 싶었던 걸까? 정신과 의사를 14명이나 바꿔가며 비슷한 진단명을 들었다.

어느 날 친정엄마가 내게 물었다.

"얘, 네가 봐도 예준이가 평범해? 그 의사들이 만일 장애라 진단 안 하면, 아니, 한다면 그때부터 뭐가 달라져? 그땐 네 자식이 아닌 거야?"

그때 알았다. 결국, 모든 질문의 답은 내가 가지고 있다는 것을. 의사들의 진단으로 장애가 있고 없고가 중요한 것이 아니라, 예준이는 그냥 있는 그대로 분명 내 소중한 아들이라는 것을. 그 이후 나는 더는 진단명에 연연하지 않았다.

그렇게 7세 무렵 서울대 병원에서 최종 장애 판정을 받고 복지카드를 발급받던 날, 집에 돌아와 화장실에서 두루마리 휴지를 통째로 입에 물고 밖으로 소리도 내지 못한 채 차디찬 욕실 바닥에 누워 한참을 울었다. 내가 예준이에게 죄인이 된 것 같아 온몸으로 울며 한없이 미안해했다. 그 후로 더는 울지 않았다.

예준이 '때문'에 내가 직업도 포기하는구나, 하는 생각에 회사에 아들의 장애 얘기를 꺼내지 못하고 사표를 던지던 날, 자식이 때론 원수 같아 보였고 원망 섞인 말이 혀에 매달렸다. 어린이집, 유치원 어느 곳에서나 "장애아라 대소변도 못 가려요?" 하며 문전박대했다. '아들 때문에 나도 이리 살게 되는구나. 나까지 장애인 취급을 받는구나. 누군가에게 놀림을 받아본 적도, 연민의 눈길을 받아본 적도 없던 내가, 왜 아들 때문에 이 대접을 받아야 하지?' 아들이 원망스러웠다. 하지만 곧 철저히 나도 아들을 닮아가며 남편과 함께 장애도라는 섬으로 숨어들었다.

어느 날, 인터넷에서 성당의 발달장애인 미사를 찾아 남편과 아들을 데리고 참여했다. 그곳에서 만난 한 자매님이 내게 이런 말씀을 하셨다.

"아이 이름이 예준이요? 여기 왜 오셨어요?"

나는 그에게 아이의 장애를 조심스레 얘기했다.

"예준이 때문이라 말하지 마세요. 예준이 '덕분에'라고 하셔야죠. 자매님, 예준이 덕분에 앞으로 세상의 많은 참된 기쁨을 알게 될 거예요."

나는 어이가 없었다. '저 사람, 무슨 소리래.'

정말 많은 발달장애인을 처음 눈앞에서 목격했다. 천방지축으로 예의라곤 없는 사람들…. 그러나 누구도 그들을 제재하지 않았다. 그 자유로움이 마치 피터 팬 혹은 돌쟁이 아이들 같았다.

이제 겨우 만 6살이 된 내 아들, 눈에 넣어도 아프지 않은 내 아들이 커서도 저들처럼 행동할 거란 생각에 눈물이 멈추질 않았다. 얼마나 한참을 기도했을까? 한 달간 내 새벽기도 주제는 한결같았다. '장애가 아니게 해주세요. 제발, 제가 목숨도 기꺼이 바치겠나이다. 아멘.' 그러나 하늘은 들어주시지 않았다.

어느 날, 마지막으로 내 기도는 이렇게 말하고 있었다. '당신 뜻대로 하소서. 제 것이 아니나이다. 잘못했나이다. 당신

께서 잠시 제게 맡겨두신 당신의 아들인 것을, 마치 제 아들이라 착각한 저를 용서하소서. 아멘.'

그때였다. 내 기도는 비로소 하늘에 닿았다. 그날 이후부터 나는 기적을 경험했다. 내 아들은 내게 온 천사였고, 나는 아들 '때문'이 아닌 '덕분'에 제2의 삶을 만났다.

“엄마, 내 이름은 오늘부터 두 개야?”

하늘의 아들로
다시 태어난 날

“여보, ‘모세’ 어때? 기적의 성인! 이 세례명이면…. 혹시 알아? ‘모세’ 성인이 우리 아들의 수호천사가 돼서 장애가 사라지는 기적을 만들어주실지? 당신 생각은 어때?”

아직도 내 마음 한편에서는 아들의 복지카드 발급에 대한 미안함과 아쉬움이 사투 중이었다.

성당에서 연락이 왔다. 단독 세례식을 열어주신단다. 예준이에게 새 옷도 사 입히고, 기적의 성인 ‘모세’ 세례명을 마음에 품고, 성당 주임 신부님과 고해성사실(고해소)에서 마주했다.

그런데 이게 웬일인가? 신부님께서는 내게 아들의 세례명을 정한 이유를 듣자마자 말씀하셨다.

“자매님, 그 마음도 비우시고 하늘에 봉헌하셔야 합니다. 예준이의 세례명은 말씀의 사도 ‘사도 요한’으로 하심이 좋을 듯해요.”

이렇게 내 계획에 없던 세례 작명을 즉석에서 해주시는 게 아닌가. 그 이유도 덧붙이셨다.

“어머니, 세상에 별들이 빛나기 위해서는 반드시 어두운 밤이 필요하듯, 많은 이가 예준이의 행보를 통해 구원을 받을 것이고, 이 아이가 그분의 말씀을 전하는 이의 역할을 하게 될 것입니다.”

‘아니, 이 무슨 말도 안 되는 논리란 말인가? 엄마인 나는 내 아들도 밤하늘에 빛나는 별이 되길 누구보다 바라거늘, 내 아들에게 ‘어두운 밤’의 역할을 하라니? 그리고 ‘말씀을 전하는 이’라니? 이게 다 무슨 말씀이시지? 결혼해본 적 없고 자식을 낳아본 적 없는 신부님이니까, 엄마인 내가 세례명 의미 하나에도 얼마나 간절한지 알 턱이 없으신 게지. 내 아들 세례명도 내 마음대로 못 하나?’ 순간 속이 터지고 화가 나서 고해성사하다 말고, 세례식이고 뭐고 신부님께 버럭 소리 지르고 따지듯 문을 열고 싶었지만….

현실의 나는 말대꾸는커녕 마지막 희망의 로또 종이를 잃은 듯한 맥없는 목소리로 “아멘”이라 답하는 게 아닌가? 후회해도 이미 늦어버린 내 입술은 불만의 크기만큼 실룩거리며 고해소를 나서고 있었다. 무심하게도 시작 성가가 울려 퍼지며 단독 세례식이 시작됐다.

예준이의 이마에 성수가 부어지고 성유가 발렸다. 아이는 그 순간 신기할 정도로 무척이나 얌전하고 고요했다. 마치 모든 걸 받아들이는 천사 같았다.

예준이는 만 2세 무렵부터 손에 무언가 쥐여주면 끊임없이 흔들어야 안정을 취하는 상동행동이 심했다. 소리에 민감해 작은 소리에도 귀를 막았고, 피부에 닿는 감각도 예민해 신발도 늘 신던 것만 고집할 만큼 감각 불균형이 유난스러운 아이였다. 일요일을 인지하는 방법 또한 특별한 감각 덕분에 감각통합 치료사를 일주일에 여섯 번은 만나야 다음 날이 비로소 일요일임을 인지하곤 했다. 이 무렵 나는 새벽까지 치료학 논문들을 찾아가며 아들의 치료방법을 찾아 공부를 시작했고, 갑상선항진증이라는 진단도 함께 받았지만 멈출 수 없었다.

세상에 빙글빙글 돌아가는 모든 것을 하루에 몇 시간이고 눈을 흘기며 바라보고 제자리에서 몸을 70여 바퀴는 회전해야 마음이 편안했던 아이. 이렇다 보니, 길거리에 있는 이발소 사인볼이며 터널의 불빛들, 에어컨 실외기 앞은 아들이 찾는 주요 단골 장소였다.

그전에는 몰랐다. 골목길 하나를 지날 때, 에어컨 실외기와 이발소 사인볼이 이렇게나 많은지. 왜 내 눈에만 많이 보이는 건지. 나는 길을 가다 예준이의 감각 세상에만 보이는 자동차 바퀴, 자전거 바퀴 등 빙글빙글 돌아가는 모든 것에 짱돌이라도 던져서 다 멈추게 하고 싶은 심정이었다. 나는 예준이가 5살이 될 때까지 아기띠로 업고 그 지뢰밭 같은 자리를 피하고자 전력 질주로 뛰고 있었다.

그리하여 내 머리는 운동선수 같은 쇼트커트로 장착. 쫄바지와 운동화의 교복화. 화장은 생략. 특전사라 해도 믿을 만큼 20kg은 거뜬히 업고 뛸 수 있는 강력하고 날렵한 몸. 빠르고 간결한 식사도 가능! 나는 그야말로 군인보다 더 정신력이 강한 엄마 특수요원쯤 되어 있었다. 내 아들은 우리나라 유명 헬스트레이너 양치승, 숀리보다 더 특별한 나만의 일대일 트레이너였기에 내가 40대가 끝날 무렵까지 다이어트 고민 따위는 없도록 나를 바삐 움직이게 했다.

"양예준 사도 요한에게 성부와 성자와 성령의 이름으로 세례를 줍니다"라고 아들의 이름이 성당 가득히 호명될 때, 나는 언제 세례명에 불만이 있었냐는 듯 가슴 벅차게 감사의 눈물을 흘렸다. 그렇게 우리 가족은 성가정을 이루었다.

내 아들이 하늘의 아들로 새롭게 태어난 날, 누가 시킨 것도 아닌데 우리 부부는 200여 명의 발달장애인, 그리고 그들의 가족들과 나눌 떡과 바나나를 상자로 준비해갔다. 아들의 돌잔치를 했을 때도 분명 이보다 화려했고 많은 이의 축하를 받았지만, 그때와는 또 다른 가슴 벅찬 행복한 기분은 말로 표현할 수 없을 만큼 특별했다. 처음 만난 수많은 발달장애인이 이미 예전부터 알고 지낸 사이처럼 가까운 느낌이었다. 내게 어디서 그런 용기가 난 걸까? 나는 감사한 마음의 크기만큼 먼저 다가가 그들 한 사람, 한 사람과 포옹했다.

이듬해 겨울, 예준이 주변의 두 사람이 세례를 받았다. 나는 아들을 돌보기에도 바빴기에 신앙을 누군가에게 권유할 시간적 여유도 없었다. 무교를 고집하시던 시어머님의 세례를 위한 교리반 입문 소식이 들렸고, 20년간 뇌졸중의 후유증과 힘겨운 사투 끝에 시아버님께서 스스로 세례를 청하셨다. 아버님은 세례식 다음 날 편안한 모습으로 하늘 품에 오르셨다. 그야말로 예준이의 세례명 덕분에 우리 가족에게 찾아온 첫 번째 기적의 순간이었다.

예준이의 세례식과 뒤풀이가 끝나갈 무렵, 초등 6학년 발달장애아를 키우는 한 자매님이 예준이에게 세례 축하 선물을 건네셨다.

"사도 요한, 예준이 엄마. 이거, 우리 아들 그림이 들어간 스케치북이에요. 예준아, 이거 받아."

"어머, 너무 멋지네요. 아드님 그림 실력 정말 대단해요!"

신기하게도 예준이는 6학년 형이 그린 물고기 표지 그림을 한참 매만지며 들여다보았다.

"말도 마세요. 우리 아들, 이거 몇 달을 그리라고 하니 마지못해 강사 선생님이랑 실랑이하다 겨우 완성한 거예요. 그 선생님이 기념하라고 만들어주신 건데…. 우리 아들은 다시는 안 한다네요. 어머, 애 좀 봐. 관심 있게 그림 보는 거 같네. 혹시 알아요? 예준이가 이제 여섯 살인데 이담에 우리 베드로보다 더 잘할지?"

그의 말이 끝나자마자 무심코 나는 예준이의 눈을 보며 말했다.

'우리 아들, 사도 요한! 축하해! 오늘부터 이름이 두 개가 됐네. 이 물고기 그림, 저기 보이는 베드로 형 그림이래. 마음에 들어? 너도 멋진 그림 그릴 수 있어. 너는 네 마음을 그리면 돼.'

어쩌면 그때였을지도 모르겠다. 그날 이후, 이 말이 하늘의 말씀이 되고 씨앗이 되어 예준이의 운명이 될 줄 그때는 몰랐다.

내가 엄마로서 학부형이 될 준비가 됐냐고?

자녀의 미래를 두려워 말자

'그래, 최선의 선택이었어. 잘한 거야! 남은 1년 최선을 다해서 준비하는 거야. 나는 슈퍼 맘이잖아. 안 그래? 후회하지 마! 넌 잘하고 있고, 잘해왔어! 울지마! 예준이 엄마!'

주민센터 유리문에 비친 제법 여전사 같은 나는, 입장하기 전부터 자기최면 중이었다.

"친어머니 되세요? 신분증과 가족관계증명서 보여주시고, 아래 사유서를 작성해주세요. 올해 첫 접수자시네요. 001 양예준, 입학유예 접수 완료되었습니다."

주민센터 직원의 목소리는 지나치게 크고 명쾌했다. 내가 문을 나설 때, 빨갛게 변한 눈동자는 무겁지 않은 발걸음 덕분에 다행히 직원에게 들키지 않았다. 나는 지금도 이맘때면 나와 같은 결심을 하는 부모들을 위해 응원의 기도를 올리곤

한다.

　1월 말, 백화점 혹은 대형할인점을 찾은 학부모는 모두가 공감할 것이다. 입학생들을 위한 새 학기 가방과 새 옷, 학용품 코너는 지나가는 학생과 부모의 시선을 붙잡고 끝내 지갑을 열게 하지 않는가? 8년 전, 나도 그랬다. 내 아들이 비록 발달장애가 있지만, 여느 아이들의 부모처럼 아이를 제 나이에 입학시키고 싶은 마음이 간절했다. 그런 내 속도 모른 채 예준이는 자신만의 발달 속도로 가고 있었다. 여전히 집에서 손에 잡히는 물건을 계속 흔들었고, 알 수 없는 혼잣말 비슷한 래퍼행동도 계속 진행 중이었다.

　예준이가 일곱 살 가을쯤이었을까? 마음이 다급했던 나는 단기 프로젝트를 감행했다. 그 해결책이라고 겨우 찾은 건 엄마들 사이에서 입소문이 난 인지치료사를 초빙해 일대일 가정방문 지도를 받는 것이었다. 지금 생각해도 손 안 대고 코 풀기, 딱 놀부 심보, 한심함, 그 자체였다.

　'그래, 예준이도 저런 전문가의 지도라면 한글 떼기가 가능할 거야'라는 얕은 생각에 비용은 묻지도 따지지도 않았다. 남편 월급통장의 잔고는 빛보다 빠르게 치료사의 통장으로 이동했다.

시간이 얼마나 흘렀을까? 김장철이 가까워질 무렵, 우리 집 문을 나서던 치료사는 결혼 준비를 이유로 더는 볼 수 없었고, 예준이의 한글 읽는 소리도 방문 너머로 더는 들리지 않았다. 지금 생각해보면 누가 먼저랄 것도 없이 '여기까지가 끝인가 보오'라는 노래 가사와 닮은 눈빛을 두 사람 모두 보냈건만, 미련을 못 버린 건 정작 나뿐이었다.

그렇게 나의 아드님은 명품 가방 하나 정도의 비용을 가볍게 치료사 통장으로 이동시켜주셨지만, 일곱 살 마지막까지 한글을 떼지 못하자 '후회 없음'이라는 답도 만들어주셨다. 다시 생각해봐도 오롯이 엄마인 나의 문제점과 마주한 대가로 치른 깨달음의 비용이었다.

'혹시 취학통지서가 현관 앞에 벌써 와 있으면 어쩌지? 통반장님이 직접 가지고 오시려나?' 12월 초, 아침이면 아파트 1층 우편함을 바라보며 공동현관을 나서는 습관적 불안이 나를 찾아왔다.

"얘, 밥은 먹었니?"

혼자 방 안에 우두커니 누워 있는 나를 친정엄마의 한마디가 일으켜 세웠다.

"윤경아, 예준이가 여덟 살이든 아홉 살이든, 입학하는 시기가 뭐가 중요해? 비장애 아이들 속에 있으면 언제 입학해도 그 애들과 똑같아지긴 힘들어. 일반 학교에 가면, 네가 다른 아이들과 비교하는 순간순간이 괴롭겠지. 그래도 예준이는 자신만의 속도로 잘 살아갈 거야. 그게 예준이의 운명이야. 중요한 건 바로 너야. 너 자신이라고. 네가 엄마로서 아이를 학교에 보낼 준비가 됐니? 너 자신에게 물어봐. 혹시 입학 유예, 네 잘난 자존심 때문에 남의 시선 신경 쓰느라 아직도 결심하지 못한 거 아냐? 예준이보다 네가 엄마로서 학부형이 될 준비가 됐냐고? 그 준비가 된 때가 진짜 예준이의 입학 시기야."

"엄마가 뭘 알아. 자폐 아이를 키워보길 했어? 내가 발달장애아였으면 엄마가 그렇게 유예를 쉽게 말했겠냐고? 됐어! 됐다고! 다 필요 없어! 엄마, 왜 아침부터 와서 잔소리야."

나는 내 마음을 들킨 게 속상해 방으로 숨어들었고, 현관문이 닫히는 소리를 듣고서야 엄마가 가셨다는 걸 알았다.

그땐 몰랐다. 내 설움에 소리는 치고 있었지만, 내가 예준이의 뒷모습만을 바라보고 있을 때, 곧 여든을 앞둔 친정엄마는 울고 있는 사십춘기의 딸과 아픈 손자, 두 사람의 뒷모습을 바라보고 계셨다는 것을. 나는 예준이의 엄마였지만, 나역시 아직은 엄마가 필요한 철부지 딸에 불과했다. 친형제자매가 있어도 발달장애 자녀를 키우고 있는 사람은 나뿐이었다. 그들이 보내는 응원의 말과 시선이 때론 고마움도 있었지만 절대 공감할 수 없으리라는 내 안의 날 선 감정들이 '장애도'라는 외로운 섬으로 더 밀어 넣을 때도 있었다.

차라리 이럴 때, 텔레비전이나 인터넷에서 '발달장애아 엄마 전용 자격증 취득 속성반 과정! 후회 없이 지금 바로 선택하세요!'라는 광고라도 나온다면 얼마나 좋을까. 당장이라도 전화해 "무엇이 최고의 방법이죠?"라고 질문하고 조언도 들으련만. 내 눈에는 치매, 암 보험 광고뿐이었다. 텔레비전 속 유명한 정신과 의사를 오랜 기다림 끝에 세 번 만났을 때도 동치미 같은 속 시원한 답변은 그 어디에서도 들을 수 없었다.

방문 너머 식탁 위 친정엄마가 두고 가신 김장김치를 보고 나서야 나는 눈물을 흘렸다. 그날 밤부터 나는 나에게 조용히 말을 걸기 시작했다.

'예준이가 입학 준비가 된 것 같아?'

'아니.'

'그런데 왜? 누구에게 보이기 위해서 입학시키는 거야?'

'그럼 넌, 학부형이 될 준비는 됐어?'

'아니.'

'그럼 됐어! 너 자신이 준비가 되었을 때 보내면 되는 거야. 그리고 한글은 네가 직접 가르쳐. 넌 엄마잖아. 포기가 어

됐어? 넌 할 수 있어!'

그렇게 맞이한 다음 날 아침, 일찌감치 주민센터를 다녀온 후, 예준이는 8세인 듯 8세가 아닌 7세 같은 만 나이 살이를 시작했다. 집으로 돌아오는 길에 내 마음을 위로하고 안아준 건 명품 가방도 화장품도 아니었다. 전화기 너머로 들리는 "괜찮아, 너, 충분히 잘했어"라는 남편의 말 한마디와 손에 들린 한글 쓰기 노트, 구구단 놀이, 시계 놀이, 색칠공부 책, 그리고 잠들기 전 하늘에 올린 기도였다.

나는 이제 세상을 향해 말하고 싶다. 아니, 말할 수 있다. 세상에 그 어떤 부모도 자신의 인생 계획에 있어 장애아를 낳게 해달라고 기도한 자는 없을 것이다. 어떠한 원망도 두려움도 없이 하늘을 향해 묵묵히 '감사합니다, 아멘!' 하고 자녀의 장애를 받아들이는 부모가 몇이나 있을까? 이 길은 누구도 대신할 수 없는, 장애 자녀를 둔 부모들만의 몫이며 십자가다. 나와 같은 부모들만이 오랜 기도와 침묵의 시간을 통해 자녀를 있는 모습 그대로 소중하게 받아들이고 품어줄 것이다. 그렇게 되기까지 부모들만의 고뇌의 시간과 형태는 저마다 다를 것이다. 분명한 건, 친정부모도 형제자매도, 심지어 발달장애아를 키우는 부모들도 저마다 경우가 다르기에 결코 나 자신이 겪고 있는 상황을 대신할 수 없다.

묵묵히 가족을 위해 기도하고 때론 힘들고 지쳐서 기댈 곳이 필요할 때 말없이 늘 그 자리에서 기다려주고 안아주는 것. 친인척과 형제자매의 역할은 그것이면 충분하다. 장애 자녀는 분명 성탄절 산타의 선물처럼 예고 없이 찾아와 우리 부모들에게 참된 삶의 지혜와 깊은 깨달음을 주는 천사이며 스승이다. 그 경험은 우리 장애 자녀를 둔 부모들만 느낄 수 있는 신이 주신 선물이다.

나는 감히 말한다. "발달장애아의 부모는 온 마음으로 키우라는 하늘의 사명을 부여받고 그 뜻을 전하기 위해 선택된 자들이다. 단지 천운이 없어서가 아니라, 하늘이 선택한 운명의 특사들이며 천국이 보장된 사람들이다. 그러니 자녀의 미래를 두려워 말자."

일곱 살을 두 번 살기로 한 여름의 중심에 있을 때, 전화벨이 요란하게 울렸다.

"어머님, 예준이가 오늘 손 떨림이 좀 있었는데 제가 보낸 영상 빨리 확인해보세요."

아들이 어린이집에 등원한 지 1시간 만에 특수교사로부터 연락이 왔다.

부모의 '사랑과 칭찬의 힘'을 이길 것은 그 어디에도 없다

나는 더 이상 편리함과 타협하지 않기로 했다

아침 일찍 예고도 없이 손님이 찾아왔다. 담임교사의 문자와 함께 온 이 떨림은 '설렘'이 아닌 반갑지 않은 손님, '불안'이었다. 손님의 이름 탓에 내 심장은 벌써 100m 달리기가 시작됐다.

'원장님, 양예준 엄마입니다. 바쁘실 텐데 아침 시간에 죄송해요. 영상 확인하시면 답변 꼭 부탁드립니다.' 어린이집 담임교사로부터 온 영상 메시지를 병원장님께 보내는 손은 사시나무처럼 떨렸고, 아들의 하원 시간까지 메신저의 '숫자 1'이 사라지기를 온 마음으로 기도했다.

두 번째 일곱 살을 시작하는 해에도 어김없이 봄꽃은 날렸다. 그 무렵 매일 아들과 마주 앉아 서로의 눈을 바라보는 시간이 길어졌다. 하루는 발달장애 선배 엄마가 추천한 특수아동용 '자음 카드 한글학습법'이 있다는 입소문에 잠시 귀가 팔랑거렸지만, 다행히 내 마음은 동요하지 않았다. 비록 아이가 장애가 있다 해도, 어린 시절 내가 스스로 한글의 소리음이 완성되는 비법을 터득했을 때 느낀 그 감칠맛과 재미를 아들에게도 알려주고 싶었다. 그 레시피는 대략 이러했다.

예준이는 치료사들이 흔히 강화물로 사용하는 젤리나 사탕도 예민한 감각 때문에 거부하는 아이였다. 짧은 집중력까지 더해 착석은 어림도 없었다. 이 무렵 우리 집에 관찰용 카메라가 있었다면, 한글의 음가를 읽어내는 나의 코믹 연기는 연예대상 신인상은 너끈히 받았을 것이다. 지금 와서 생각해 보면 특별할 것도 없었다. '칭찬과 사랑의 미소' 그것이 나만의 비법이자 마법의 레시피였다.

아무리 입소문이 자자한 인지치료사나 한글학습 전문가라 해도, 장애아에게 있어 부모는 온 우주요, 세상 전부일 것이다. 나는 지금도 확신한다. 그런 부모의 '사랑과 칭찬의 힘'을 이길 것은 그 어디에도 없다.

시간이 흐를수록 아들의 눈빛은 새로운 것을 배우고 익혀야 한다는 약간의 불안과 엄마의 칭찬이 고픈 눈빛 그 중간 어디쯤에 있는 듯 보였다. 연필을 흔드는 상동행동과 혼잣말은 여전히 진행 중이었지만, 칭찬이 담긴 내 반응이 보고 싶어 날이 갈수록 착석 시간이 길어졌다. 지금도 그 무렵 예준이가 내게 보내왔던 미소를 잊을 수가 없다.

발달센터 학부형의 말이 무더운 바람과 함께 귓가를 유혹했지만, 나는 더 이상 편리함과 타협하지 않기로 했다.

"예준 엄마, 장애아고 남자아이인데 글씨체가 뭐가 중요해요. 그냥 한글 읽고 받아 쓰면 됐지!"

그러나 '글씨는 곧, 그 사람의 두 번째 얼굴이다'라는 어린 시절 친정엄마의 말씀 덕분에 단단했던 내 글씨체가 나를 한 번 더 붙잡았다. 그때는 몰랐지만, 그것은 예준이를 비추는 거울이 되어 지금도 아들의 미술작품과 글씨체를 환히 비추고 있다.

나는 아들과 함께 쓰기를 결심했다. 결코, 네가 혼자가 아니라고 몸으로 말해주고 싶었다. 연필을 쥔 아들의 손은 거북이를 넘어 달팽이 속도였지만 채근하지 않았다. 그 덕분에 나는 매일 아들 옆에서 육아일기를 쓰기 시작했다. 예준이의 글씨가 한석봉도 울고 갈 만큼 하루가 다르게 정교해지자, 소근육 발달은 '기본 옵션'으로 찾아왔다. 그랬다. 친정엄마의 교육 레시피는 치료사보다 옳았다.

물 들어올 때 노를 저으라고 누가 말했던가? 아이와 길을

갈 때도 자동차 번호판과 간판에 보이는 전화번호로 수를 익
혔다. 화장실 변기에 앉은 아들 손에 구구단 멜로디북을 쥐
여주고 따라 하는 작은 입 모양을 보고 있자니, 아들의 구린
내도 향수가 따로 없었다. 잠들기 전, 벽에 붙인 아날로그 시
계 판을 같이 읽어야 잠자리에 들었다. 아들 귓가에 구구단
송을 자장가 삼아 부르는 나의 낮과 밤은 그렇게 계속됐다.

하늘은 스스로 돕는 자를 도우셨다. 예준이는 그렇게 한글
을 뗐다. 구구단도 읽는가 하면, 아날로그 시계까지 읽기 시
작했다. 재래시장을 지날 때 수박과 참외 향이 코끝에서 진
동해도 여름이 오는 줄을 몰랐다. 흰머리가 제법 자라 미용
실을 갈 때라고 신호를 보내와도 염색하는 시간이 아까웠다.
매일 조금씩 달라지는 아들을 보는 재미에 '아들바라기'로
사는 시간이 힘든 줄 몰랐다.

"여보세요, 예준이 어머님. 저, 병원장입니다. 영상 확인했
습니다. 그러게요. 지금 손이 제법 떨리는데…. 우선 내일 내
원해주시고 약을 조절해보죠. 너무 걱정하지 마시고 저녁 약
은 일단 중단하세요."

1분도 채 안 되는 전화기 너머 병원장님의 침착한 목소리
를 듣고 나서야, 내 심장과 손은 응급처치를 받은 듯 제 속도

를 찾아가고 있었다.

좋은 것이 있으면 내 새끼 눈과 머릿속, 입속에 하나라도 더 심어주고 넣어주고 싶은 게 부모 마음 아니던가. 보약만 주어도 모자랄 터…. 8월의 허리쯤 왔을까. 초등학교 입학을 위한 학습 준비를 하면서도 예준이의 상동행동인 연필 흔들기와 혼잣말은 좀처럼 졸업할 기세를 보이지 않았다. 소아정신과 병원장님도 고심 끝에 학교생활을 위한 약물치료를 조심스레 권하셨다. 우리 부부는 선배 부모들의 다양한 경험담과 의사 선생님의 말씀을 성경처럼 붙잡았다. 그렇게 예준이의 약물치료가 불가피하게 시작되었다.

치료가 시작된 이후부터 온종일 아이 컨디션을 살피며 약물 반응을 시간별로 메모하기 시작했다. 급기야 어린이집 알림장에 아이의 변화를 일기처럼 기록하는 내 모습은 영락없이 신생아 수유일지를 쓰는 엄마 같았다. 더 이상 편리함과 타협하지 않기로 했던 나 자신과의 약속이 약물치료 하나로 무너진 것만 같아 늦은 밤 기도하는 시간도 길어졌다.

"예준이 어머님, 병원장님과는 통화하신 거죠? 예준이 오늘 미술 시간에 테이프 붙이기를 하는데 약물 부작용 때문인지 손이 제법 떨리길래 바로 촬영한 영상이에요. 많이 놀라셨죠? 그리고, 어머님. 죄송하지만, 어머님께서 이렇게 매번

메모해주시는 글, 제가 바빠서 번번이 답글을 적어드리기가
어렵습니다.”

하원지도하는 어린이집 담임교사의 말이 영상을 보고 놀
란 가슴 탓에 하울링처럼 들렸다.

“선생님, 바쁘실 텐데도 영상 촬영해주서서 감사해요. 다
행히 의사 선생님께서 바로 확인하서서 내일 뵙기로 했어요.
그리고… 알림장 일기는 예준이가 어린이집에서 있었던 일
을 집에 와서 말하는 내용들이에요. 기억나는 상황 문장과
단어들이 전부이지만, 아이의 기억력과 언어발달 변화 정도
를 기록해보고 싶어서 하는 저만의 메모이니, 답글을 쓰셔야
한다는 부담은 절대 없으셨으면 해요. 정말 괜찮아요, 선생
님. 부담되셨다면 저도 죄송해요.”

그해 가을을 향해 갈 무렵, 예준이의 알림장 속 내 일기에
빨간 동그라미가 조금씩 자주 보이기 시작했다. 놀랍게도 담
임선생님이 내가 매일 쓴 일기를 어느 날부턴가 궁금해서 일
부러 꺼내 보신다는 게 아닌가? 일기에 대한 답글은 아니었
지만, 예준이의 어린이집 생활 전달 문장이 맞는 날은 그 문
장에 동그라미가 되어 있었다. 담임선생님도 하원할 때 일기
속의 예준이의 변화되는 전달 능력에 놀라워하셨다. 내 계획
이 결국 통했다. 그러나 지금 생각해도 결코 기억하고 전달

하는 힘이 단지 약물치료 덕분은 아니었다.

'습관'이라는 이름은 우리 모자를 무섭게 변화시켰다. 지금도 나는 예준이와 하루를 마감하기 전 오늘의 이야기를 시간 퍼즐처럼 대화로 맞춰보고 기록하고 있으니 말이다. 내 아들이 엄마의 눈을 보고 말하는 짧은 단어 하나, 문장 하나의 기억들이 모여서 '어휘'가 늘 것이고, 조금은 부족하더라도 언제고 내가 없는 세상 속에서 홀로 당당히 서리라는 내 굳은 믿음은 지금도 나를 일기장으로 이끌고 있다.

나는 인간이 세상에 태어나 자연스레 숨 쉬고, 걷고, 뛰고, 말한다는 것이 얼마나 값지며, 그것에 대해 내가 감사할 줄 몰랐다는 것을 발달장애를 가진 아들의 눈빛을 통해 다시 깨닫고 배우고 있다. 좀 서툴고 느리면 어떤가? 방향이 중요할 뿐 속도는 중요하지 않다. 예준이는 오늘도 변함없이 자신의 하루라는 여행 속에 나를 초대하고 함께 추억을 기록하는 습관을 아낌없이 내게 선물한다.

누군가는 말할 것이다.

"아이도 엄마도 서로 힘들게 대화하려는 게 오히려 서로 고문하는 거 아닌가요? 자폐처럼 루틴 행동 하나를 더 추가하는 거 아닌가요?"

그러나 나는 아들을 통해 배웠다. 상동행동은 무조건 나쁜 것이 아니라 자기조절을 위한 '최선의 선택'이며 역으로 생각하면 쉽게 포기를 모르는 엄청난 '인내심'이란 것을. 나의 일기 쓰기는 자폐인의 상동행동을 따라 하며 배운 멋진 습관이며 인내요, 삶의 힘이다.

나는 나에게 명령한다. '발달장애인의 표현 언어와 지능에는 한계가 있을 것이라는 얕은 생각으로 아들의 한계를 만들지 말 것이며 하늘과 한 약속의 초심을 잊지 마라.' 이 어린 철학자이자 피터 팬과 마주 앉는 행복한 대화의 시간은 매일 시나브로 쌓여간다.

"네, 들어오세요, 예준이 어머님."
병원장님의 목소리 너머로 안경이 보였다.

"선생님, 저 그렇게는 못 하겠습니다"

학교라는 문턱은 생각보다 높았다

나만 그런 걸까? 그날 아침이면 밥도 삼키지 못했고 체중도 빠져 있곤 했다. 한 달에 한두 번 뵙는 소아정신과 병원장님의 진료실 앞에서 나는 마치 교무실에 불려간 문제 학생이 된 것처럼 늘 긴장감을 느꼈다.

"당신은 원장님께 뭘 물어볼 거야? 늘 나만 질문하잖아! 안 그래?"

전날 밤이면 나는 날 선 목소리로 나의 불안을 남편 탓으로 돌렸지만, 다음 날이면 병원 대기실 앞은 언제나 남편과 함께였다.

"예준이는 밤새 좀 어땠나요?"

"원장님, 다행히 어젯밤은 편히 잠들더라고요. 다만 손톱이 가려운지 자꾸 손톱과 손톱을 비비고 가렵고 따갑다고 해요.

그 때문에 다시 집중력도 좀 깨지고요. 그리고 지금까지 약물치료 4개월간 손톱을 너무 뜯어서인지, 손톱의 모양이 변할 정도로 전혀 자라질 않았어요. 그러고 보니 잘라준 적도 없는 것 같아요. 약을 먹는 동안 연필 흔드는 상동행동은 줄었는데요. 뭐랄까, 제 눈에 그전과 달리 아이가 웃을 상황인데도 예전처럼 밝게 웃지 못하고 뭔가에 억눌린 느낌이 보여 걱정되고요. 그런데 어린이집 선생님 영상에 아이가 손까지 미세하게 떤다고 하니 저도 너무 놀랐어요.”

“아, 그래요. 예준이의 경우는 약물치료 시 뇌로 가야 하는 약물 일부가 말초신경인 손끝으로 새는 흔한 부작용이 보이네요. 너무 놀라지 않으셔도 되고요. 지금 시작한 용량도 체중 대비 삼분의일에 불과한데, 다른 아이들과 달리 좀 예민하게 반응하는 듯도 해요. 우선, 약을 다른 약으로 바꾸고 조절 약과 섞어가면서 교체 후, 2주 뒤에 다시 경과를 봅시다.”

원장님 진료실 문을 나설 때면 짧은 10여 분의 면담이 마치 1시간 동안 뜨거운 습식사우나를 한 것 같았다. 무거운 마음 탓에 처방전을 제출하는 1층 약국 대기실에서 이름이 호명될 때까지 주변 카페를 서성대곤 했다.

언제부턴가 우리 부부는 병원 면담이 끝나고 1층 로비에서 약을 기다리는 동안, 장애 청년들이 근무하는 카페에서 딸기스무디 한 잔을 나눠 마시는 우리 부부만의 소소한 루틴이 만들어져 있었다. 장애 청년들이 판매하는 음료는 참 알맞은 비율의 맛이었다. 나를 만날 때마다 늘 처음 본 사람처럼 "이 음료는 얼음이 들어간 차가운 음료인데 괜찮으실까요?"라고 같은 질문을 하는 정직한 모습을 보였다. 그때마다 '내 안부를 묻는 오늘의 내 주치의는 이 친구네' 싶을 만큼 그 모습이 고마웠다. 어떤 날은 '아, 오늘도 이 친구의 목소리가 들리는 걸 보면 원장님 면담이 드디어 끝났구나'라는 안도감도 있었다. '이다음에 내 새끼도 이런 곳에서 일할 수만 있으면 얼마나 좋을까?' 하는 생각에 카페에서 일하는 청년들의 행동과 말투 하나하나를 엄마의 시선으로 유심히 살폈다. 그렇게 받아 든 그 딸기스무디의 맛에서 느낀 감동을 나는 지금도 잊을 수가 없다.

　나의 일기장은 새해가 오기까지 하루도 빠짐없이 쓴 아들 관찰기록으로 부풀기 시작했다. 그리고 초등학교 입학 전 밀린 숙제를 해치우듯 아이와 영화나 뮤지컬을 보러 다니고 놀이터에서 쉼 없이 함께 놀았다. 약기운이 도는 시간대면 예준이는 평소에 내가 그토록 없애고 싶었던 혼잣말도 연필 흔드는 상동행동도 없었지만, 그보다 더 나를 힘들게 한 건 무표정 속 멍한 눈빛과 자라지 않은 손톱이었다.

눈이 채 녹지도 않았던 어린이집 졸업식 날. 먼발치서 특수교사 담임선생님과 눈이 마주쳤을 뿐인데 뭐가 그리 고맙고 미안했는지 서로가 말없이 눈으로 안아주고 울며 서로의 미래를 응원했다.

며칠 뒤 찾아온 초등학교 입학식. 입학생 무리에 섞인 아들을 바라보며 떨리는 마음과 흐를 것 같은 눈물을 기도로 삼킨 채, 나는 학부형이 되었다.

"사랑해, 예준아. 선생님 말씀 잘 듣고 친구들이랑 잘 지내고 오기야. 약속? 우리 아들, 힘내."

새 책가방보다 작아 보이는 아이의 뒷모습을 보고 있자니 나는 마치 대입 수험생 엄마, 혹은 막 군에 입대한 훈련병의 엄마가 된 듯했다. 그렇게 나는 눈앞에서 아들의 뒷모습이 사라질 때까지 돌아서지 못하는 3월의 교문 앞 헬리콥터맘이 되어 있었다.

휴대전화가 울렸다. 입학 5일 만인 금요일 오후, 1학년 담임선생님은 예고도 없이 나를 부르셨다.

"어머님, 예준이 다음 주부터 도움반 내려가야 하는 거 아시죠? 보통 이런 아이들은 제 경험상 바로 내려가거든요? 그리고 오늘 제가 칭찬 스티커 안 주니까 좀 울먹이더라고요.

그리고 어머님, 아이가 수학에서 가르기 모으기 셈을 할 줄 안다고 하신 거 맞나요? 급하니까 짝꿍 것을 보고 쓰길래 제가 시험지를 뺏었고요. 그 벌로 칭찬 스티커를 주지 않았어요. 그리고 현재 예준이 짝꿍은 엄마가 안 계신 ADHD 아이인데…. 그 아이의 경우 지금 폭력 행동이 있는데, 제가 그 아이 아버지와 소통이 안 돼서 좀 힘들어요. 하지만 특수아동도 아니고 그 친구는 단순히 행동조절이 안 되는 친구라 제가 교실 내에 데리고 있어야 하는 아이예요. 예준이의 경우는 다르죠. 예준이는 분명 특수교육 대상자이고 복지카드 소지자인데 어머님 왜 일반학급으로 체크해서 완전통합을 지원청에 요구하신 거죠? 그리고 어머님, 저희 반 비장애 아이들도 초등 1학년이라 아직 어린데, 예준이가 발달장애니까 짝꿍의 도움을 받는다? 이건 어머님 욕심이세요. 그러다 보면 다른 부모님들께서 매일 제게 짝 바꿔달라는 항의 전화를 하실 수 있다는 거, 좀 아셨으면 해요. 다음 주 월요일에 도움반에서 IEP 개별화 회의 하는 거 아시죠? 다시 말씀드리지만, 특수학급으로 원하신다고 체크하시고 다시 특수교육지원청에 제출하셔야 예준이 도움반 이용도 가능해요. 그리고 어머님 실례지만 예준이 부모님 직업이…."

나와 나이가 같다면서 내 주민등록번호까지 유심히 살펴

는 담임교사는 무척이나 건조한 목소리로 쉼 없이 나를 다그쳤다. 평생을 살면서 아들의 장애 등록 이후로 상상하지 못했던 두 번째 슬픈 경험이었기 때문일까? 나는 지금도 그날 담임교사의 어투와 말 한 마디, 한 마디를 잊을 수가 없다.

유예까지 하고 학교에 들어갈 준비를 했건만, 학교라는 문턱은 시작부터 생각보다 높았다. 게다가 담임선생님은 장애아에게 무척이나 인색했다. "입학하는 장애아 중 그나마 예준이가 제일 장애 정도가 심하지 않아서 제가 받았는데 생각보다 아니다"라는 말까지 내게 서슴없이 했다.

그렇게 말 잘하던 기자 출신인 나도 자식 앞에 장사가 없었다. 몇 마디 대답도 못 한 채 교문을 나서 집으로 돌아오는 길에 하염없이 눈물이 흘렀다. 그날 밤 남편과 의논을 하고 싶었지만, 그저 학교 면담 이야기를 다시 떠올리는 것만으로도 힘겨웠다. 월요일 오후가 사형선고일처럼 다가오는 게 두려웠다. 주말 내내 2kg이 빠졌다. 심호흡한 뒤 거울 속 나 예준맘에게 말했다.

"야! 어딜 물러서? 어림없어! 정신 차려 예준이 엄마! 작전 시작! 절대 플랜 B는 없어. 못 먹어도 GO! 야! 들이대, 까짓거!"

내 안의 총소리가 나를 깨웠다.

월요일 오후, 친정엄마께 예준이의 오후 치료실 방문을 부탁한 채, 우리 부부는 개별화 회의라는 작전명을 위한 완전 군장으로 도움반을 찾았다. 오후 3시 40분, 담임교사와 특수교사, 그리고 우리 부부만을 감싸는 학교 종소리가 텅 빈 학교에 유난히 크게 울렸다.

특수교사는 음료수를 건네며 인사와 함께 회의의 시작을 알렸다. 담임교사의 일주일간 수업평가, 그리고 내가 미리 제출한 의견서를 참고했다는 말과 함께였다.

담임교사는 나와 눈도 마주치지 않은 채 먼저 의견을 꺼냈다.

"예준이가 자폐아잖아요. 아무리 입학유예를 하면서 준비하셨다 해도 아이 수준을 생각해서 국어, 수학은 다음 주부터 도움반을 이용시키시는 것이 좋죠."

초등학교 입문인 1학년 적응기임에도 완전통합수업을 시도해보겠다는 마음이 전혀 없어 보였다. 그러고는 바로 지난 금요일에 내게 말했던 특수학급으로 수정 체크할 것만을 다시 한번 강조하는 말에 힘들다는 투가 역력했다. 그 때문이었을까? 나는 담임교사에게 부탁하고 싶은 말은 차마 입 밖으로 꺼낼 엄두도 내지 못했다. 예준이는 현재 소아정신과 약물치료도 시도 중이며, 부모인 저희가 이렇게까지 적응을 위해 입학 전부터 노력 중이니 수업 중에 관찰해주시길 바란다는 말을.

　부모의 의견을 말하는 차례가 되자 나는 '현재 예준이 짝꿍이 ADHD 아동이고 교실에서 폭력적인 행동을 보여 위험하다고 하셨는데, 함께 짝이 된 이유와 예준이가 수업을 방해하는 혼잣말이나 연필 흔드는 상동행동을 하는지, 혹은 수업시간에 돌아다니는지'에 대해 질문했다. 담임교사의 답은 이러했다. '그렇진 않다. 다만 지금 예준이의 짝 때문에 부모들의 민원이 많고, 자신이 눈앞에서 두 아이를 집중적으로 관리하기 위함이다.' 나는 자폐아의 경우 바로 모방하는 행동이 있고 모델링이 중요하므로 짝을 바꿔주시길 조심스레 부탁했으나 교사의 '특권'이라는 말로 기다려달라고만 했다.

　"선생님, 저 그렇게는 못 하겠습니다. 국어, 수학에 대해 선생님이 지금 어떤 의미로 말씀하시는 줄은 알아요. 하지만 제가 영상 자료를 보여드렸다시피 예준이는 할 수 있는 아이예요. 교실에서 불안하니까 급해서 친구 것을 보고 쓴 커닝하는 행동이 부모로서 잘했다는 건 아닙니다. 그러나 장애아가 눈치껏 하려는 행동을 사회성으로 우선 기특하게 봐주실 순 없으셨나요? 그러고 나서 따로 아이를 불러서 옳지 못했다고 야단치실 순 없으셨나요? 아이들 보는 데서 칭찬 스티커를 안 주시는 것으로 상처를 주셨다는 생각, 안 해보셨어요? 따로 제게 '아이가 이런 행동이 있으니 학습지 한 장 더 보낸다, 그러니 복습시켜라'고 말씀해주실 수도 있지 않으셨나요? 또 제 아이가 돌아다니거나 수업시간에 혼잣말한 것도 아니라고 하셨는데, 왜 아이가 수업을 못 따라가니 무조건 내려가라 하시는 거죠? 저는 그리 못 합니다. 저는 아이 학습을 목표로 학교에 보낸 게 아닙니다."

말하는 그 순간, 나 자신도 '내 혀가 미쳤나?' 싶었다.

"예준이 어머님, 지금 뭐라고 하셨나요? 지난 금요일, 교실에서 저와 나눈 이야기와 다르지 않습니까?"

"아뇨, 선생님. 저는 도움반에 보내는 것에 동의한 적 없습니다. 생각해보겠다고 했죠. 그리고 주말 동안 저, 충분히 생각했고 그래서 말씀드리는 겁니다."

나는 생각했다. '그래. 월요일 회의에서 할 내 말과 행동 하나로 내 자식의 1년 견적이 나온다. 정신 차려! 교실에 들어가서 지질하게 울지 마! 넌 할 수 있어! 장애아의 엄마인 게 죄야? 내가 죄지었어?' 내 안에 장윤경이 아닌 예준 엄마가 살아 움직이고 있었다.

순간, 옆에 앉은 남편이 흥분한 내 손을 잡았다.

"저, 선생님. 많이 힘드시죠? 예준이뿐만 아니라 1학년 아이들, 그리고 예준이 짝이 안타깝게도 ADHD라고 말씀하셔서 정말 힘드실 줄 알아요. 하지만, 그래도 저희 예준이 입학한 지 이제 겨우 5일째인데, 한 달 정도만 예준이에게 친구들 이름이라도 익힐 기회를 주실 순 없으실까요? 그래도 지도하시는 데 너무 힘들다 하시면 그땐 저희도 도움반을 고려해보고 다시 회의하면 어떨까 합니다. 그리고 저희 부부도 도움반에 대한 선입견을 가지고 있지 않습니다. 일대일로 도움도 받고 좋은 거 압니다. 다만, 이제 초등 1학년인 저학년이고 예준이가 외동이라 친구를 만날 기회도 없고요. 지금 실무사 공익요원도 좀 더 심한 장애 친구들을 위해 예준이에게까지는 배정이 어렵다 하시니, 자부담을 해서라도 활동 보조 선생님 교실 지원도 생각하고 있습니다. 많이 힘드시면 바로 교실에 지원시켜보겠습니다.”

도움반 선생님은 말없이 눈치만 살폈다. 남편의 말 한마디가 세 여자의 전투극을 조용히 덮자, 담임교사의 깊은 한숨 소리와 함께 면담이 끝났다.

그날 이후로 예준이는 1학년 2반의 ‘미운 오리 새끼’가 되었지만, 나는 매일 금방이라도 예식장에 뛰어갈 듯한 정장 차림으로 교문 앞을 당당히 지켰다. 때론 학교 급식 봉사에 녹색어머니회와 도서 봉사까지 맡았다. 장애아의 엄마라는 이름표를 달았다는 이유로 슬픈 모습을 하지 않았고 학부모 총회에 공개수업, 부모 강의까지 꼬박꼬박 참가했다. 학급 반 모임에서 자기소개를 할 때면 먼저 아이의 장애를 당당히 말하며 그들의 시선을 두려워하지 않았다.

5월 석가탄신일 하루 전, 학교에서 단체 문자가 왔다. 갑자기 담임교사가 사라졌다.

가정의 평화를 위해
세상과 정면 승부를 결심했다

내 아이의 장애를 통해 다른 친구의 아픔도
생각해야 함을 배웠다

"아니, 소문 들었어요? 우리 반에 그 ADHD인가 하는 아이, 맨 앞줄에 앉은 그 아이 말이에요. 그 애가 담임이랑 애들한테 의자를 집어 던지고, 압정을 들고 공격적인 행동을 하는 것도 모자라 침도 뱉고 한다는데. 심지어 그 애, 엄마도 없어서 친할머니라는 분이 교실 뒤에 앉아 지금도 손자를 지켜보고 있다 들었어요. 글쎄, 알고 보니 담임의 요청이 있었대요. 참 내, 학교가 대책을 제대로 세워주든가. 이게 말이 되냐고요. 이 분위기로 저희 반 뭘 어쩌자는 건지. 그 할머님은 손주 때문에 무슨 죄래요?"

아침 10시, 요란한 커피 로스팅 소리는 학교 앞 카페 오픈 시간을 알렸다. 학교 엄마들의 문제 학생 뒷담화 소리가 커피 기계 소리보다 더 크게 들려서일까? 커피 향이 좋은 줄도 몰랐다.

봄부터 2주간 담임선생님의 부재 사유는 '병가'였으나, 벌써 두 달째, 돌아오겠다는 말씀도 없이 부재가 계속됐다. 학부형 중 몇몇은 담임선생님께 개인 번호로 연락도 취하고 문자를 남겨도 보았으나, 문자 확인도 통화도 거부됐다고 했다. 그들의 대화에 귀를 열고 있자니 담임의 부재에 대해 나도 한몫한 건 아닌가 싶어 생각이 많아졌지만, 후회는 없었다. 어쩌면 반의 장애아인 예준이부터 도움반에 내려보내야 ADHD 학생을 집중적으로 관찰할 수 있었겠다 싶었다. 하필 나와 같은 장애 학생 엄마를 만나 개별화 회의에서마저 한 치의 양보도 없었으니, 지금 생각해봐도 담임교사가 선택한 최선의 방법이 결국 '잠수'였던 게 아닐까 싶다.

아들의 학급은 2주 간격으로 강사 담임제로 운영되었다. 비장애 아이들도 담임이 자주 바뀌다 보니 수업이 안정화되지 못하고 결석자가 많아지는 상황. 강사를 못 구한 주간은 교감 선생님께서 대신 수업에 들어오는 진풍경까지 펼쳐지자, 사회성을 위한 예준이의 약물치료는 더더욱 의미가 없어지고 있었다. 결국, 문제아동 대책 회의란 명분으로 매주 2회, 1학년 2반 반모임이라는 문화가 자연스레 우리 반에 자리를 잡아갔다. 매주 카페모임에 사용되는 커피값에 부담을 느낀 엄마들의 불만도 하나둘씩 늘어가고 있었다.

7월의 허리 무렵, 학부형 중 식당을 운영하는 어머님의 영업장이 저녁마다 반모임 장소인 사랑방처럼 이용되었다. 상황이 이쯤 되니, 엄마들은 학교의 각 반 특수아동과 문제아동이라는 이름표가 달린 아이들까지 도마 위에 올려 수군대기 시작했다. 나는 결코 그 자리에 계속해서 나가고 싶지 않았다. 하지만 내 아이를 도마 위에 올리는 것 또한 참을 수 없다는 엄마의 본능으로, 매번 친정엄마께 예준이를 맡기고 정장 차림으로 그 자리에 앉아 귀를 열고 있어야만 했다.

"자, 여러분. 오늘은 우리 학교 전교학부모회장 어머님이 저희 1학년 2반의 문제를 학교 운영 차원에서 참관하시고자 오셨습니다."

우리 반 대표 엄마가 학부모회장이라는 분을 소개했다.

"네, 저는 어머니회 회장입니다. 여기 1학년 2반에는 ADHD 아이도 있고, 심지어 장애아인가 특수아동인가 하는 아이도 있다면서요? 1학년 2반이 너무 안타까워요. 오늘 여러분 의견을 제가 열심히 참고하고 교장 선생님께 전달하겠습니다. 말씀들 나누세요."

회장 엄마가 인사를 대신해 한 말이었다.

"학부모회장 어머님, 뭐라 하셨어요? 장애아가 있는 반은 안타깝다고 하셨나요? 제가 그 아이 엄마입니다! 말씀 정정하시죠!"

순간 자리를 박차고 일어나 외치고 싶은 이 말이 목구멍까지 밀려왔지만, 꾹 참고 때를 기다렸다. 학부모회장, 그는 바로 옆자리에 앉은 내가 장애아의 엄마인지 모를 테니.

〈동물의 세계〉라는 다큐멘터리에서 동물들의 사냥 기술과 살기 가득한 눈빛을 본 적이 있다. 그 동물들은 먹잇감이 힘이 빠질 때까지 절대 움직이지 않고 기다렸다. 나는 그의 말의 틈을 발견했고 시간까지 메모한 뒤, 절대 빠져나가지 못하도록 더 강력한 말의 무기로 상대를 이길 그때를 기다리고 있었다.

바로 그때, 우리 반 한 여자아이의 엄마가 입을 열었다.

"우리 반 ○○이라는 아이가 너무 힘들게 해서 담임이 그 ADHD 아이 때문에 병가를 내신 거 맞죠? 아니, 지금 초등학교 입학한 지 두 달 만에 이게 무슨 날벼락이냐고요. 벌써 7월 말을 향하는데 강사만 열 번이나 바뀌는 게 말이 되냐고요. 그리고 우리 담임과 그 아이 아버님이 소통도 안 되고 뭘 어쩌라는 거죠? 담임선생님은 돌아오시기는 하는 건가요? 듣자 하니 우리 학교에는 문제아들이 다니는 반이라는 도움반도 있다면서요. 거기로 보내면 되는 거 아닌가요? 특수반인가 뭔가?”

그 말에 우리 반 대표 엄마가 말을 정리했다.

“우리 반 ADHD 아이의 경우 아빠가 키우는 아이고 체격도 큰 데다가 담임선생님께 침을 뱉고 의자를 던지며 욕도 하는 아이라는데 친할머니가 복도를 지켜도 현재로서는 방법이 없다고 합니다. 여기 계신 어머님들 의견을 들어보고, 돌아가면서 우리 반 수업을 지키는 복도 당번을 2인 1조로 정하는 건 어떨까요? 그래도 안 되면 그 아이를 학교폭력으로 신고하고 특수반이라는 곳으로 보내는 것도 방법이라고 하는데, 다들 어떠세요?”

그래 지금이다.

“저, 제가 한마디해도 될까요? 조금 전 저희 1학년 2반에 장애아가 있다고 학부모회장님 참석과 동시에 인사 말씀을 주셨는데, 바로 그 아이의 엄마가 접니다. 다시 한번 참고하시라고 말씀드립니다. 그런데 적어도 학부모회장님이시라면 학교 전체 학생을 객관적으로 파악하셔야 하지 않을까요? 어떤 근거로 장애아와 같은 반이 된 것이 안타깝다? 이런 말로 인사말을 하시는 거죠? 여러분, 제가 저희 아들은 특수교육 대상자이며 언어치료를 받는 아이라고 분명 학부모 총회 때 말씀드렸는데, 기억하시는 분도 계시겠지만 못 들으신 분들도 계실 것 같네요. 제가 특수교육 대상자 엄마이다 보니, 간단히 '특수교육 대상자 선정' 이 부분에 관해 설명해드리겠습니다. 우리 반 ADHD 학생의 경우, 그 친구의 부모님 허락 없이 우리가 특수반이라는 도움반에 함부로 보낼 수 없다는 거 아셔야 합니다. 또 하나, 여기 계신 모든 분이 특수학급에 대해 뭔가 오해하고 계신 것 같은데, 특수학급은 문제아동이 가는 곳이 아닙니다. 선천적 장애, 혹은 학습의 어려움으로 도움이 필요하다고 보이면, 해당 학생 부모가 동의하는 의견과 학교 교사의 소견서를 특수교육 지원청에 함께 보내 요청하게 됩니다. 이 요청서를 바탕으로 특수교육청 내 평가와 병원 치료 전문가의 평가와 소견을 합산한 근거 자료로 회의가 열리고요. 이를 심의하고 평가하는 데만도 한 달 정도 걸리는데, 특수교육 대상자로 선정돼야만 도움반을 이용할 수 있어요. 단지 특수반은 문제아동이 쉬러 가는 쉼터가 아닙니다. 특수교사분들도 국가교원자격을 취득하신 정교사분들이세요. 그렇게 말씀하시면 안 되죠. 우리가 무슨 권리로 그 아이의 교육받을 권리를 뺏고 도움반에 보내라, 말아라 합니까? 그 아이는 엄마가 없는 아이이고 할머니 손에 자라고 아버지가 담임과 소통이 안 되니까 여기서 마치 뒷담화하듯 이야기하시는 건가요? 그렇다면 지금 제가 이 자리에서 일어나

집으로 갔을 때, 여러분의 두 번째 화두는 제 아들이 되는 걸까요? 저도 그 학생 부모님과 학생에 대해 아는 바는 없습니다. 그러나 발달장애 아이를 키워보니 내 자식 장애를 통해 다른 친구의 아픔도 생각해야 함을 제 아들을 통해 배우고 있을 뿐이죠. 솔직히 제 아이는 현재 그 친구와 짝이 되어 있는데, 여기 계신 부모님 중 저보다 더 불안한 분이 계실까요? 그런데도 저 역시, 제 아이의 행동 중에 혹시라도 학교 단체 생활에 피해를 주는 건 없나 먼저 살피고 있습니다. 그러나 우리 모두, 아이들의 엄마이고 아빠라는 거 잊지 마셨으면 합니다. 그 아이는 엄마가 없다? 이혼가정이다? 이게 그렇게 중요합니까? 또 학부모회장님! 단지 발달장애 아이라는 선입견으로 공식적인 자리에서 함부로 말씀하신다면 앞으로 장애인도 국가인권위원회와 발달장애인법이 보호하고 있다는 거 아셨으면 합니다.”

욕 한마디 섞지 않았지만, 내 말 한마디가 누아르 영화 엔딩 장면보다 무서웠는지 식당 전체에 조용한 침묵이 흘렀다. 학부모회장은 말없이 고개를 떨군 채 나를 쳐다보지도 못했다.

“이제 초등학교 1학년 아닙니까? 그 학생이 엄마가 없는 건 나름의 집안 사연이 있었겠죠? 그게 그 아이 잘못도 아니잖아요. 내 자식이 귀한 만큼 남의 아이도 한 번쯤은 따뜻한 시선으로 바라보고 함께해야죠. 그럼에도 이 친구가 학급 전체를 위해 너무도 큰 문제를 만들고 있으니 다수를 위한 최선의 방법을 학교 측과 협의해야지, 엄마 없는 아이라고 뒷담화하고 특수아동 교실 이용에 대해 비상식적으로 표현하는 것이 듣기 거북해 한마디 드렸습니다.”

내가 결혼이 늦은 탓에 나이 많은 왕언니쯤 되다 보니 누구도 대꾸는 없었다. 대신 1학년 2반 부모들의 눈동자가 일제히 나를 향했다. 몇몇은 눈으로 욕을 하듯 어이없이 나를 바라보았지만, 다행히 내 큰 눈과 마주치자 놀란 나머지 시선을 피했다. 그 순간은 다른 어느 때보다 유난히 왕눈이같이 큰 내 눈과 쌍꺼풀이 자랑스러웠고 부모님께 감사의 화살기도를 올렸다.

다음 날, 나는 교장실을 찾았다. 그러나 학교장실의 문은 대통령실에 들어가는 것만큼이나 어려운 투명 방어벽의 구조가 곳곳에 있다는 걸 알게 됐다.

“어머님, 무슨 이유로 오신 거죠?”

먼저 학년부장이 말을 걸어오자 교무부장이 이차로 나를 막았고, 교감 선생님과 먼저 이야기를 나누라는 식으로 접견

실로 안내했다. 아직도 우리나라의 교육에 '열린 소통'이라는 말은 먼 나라 이야기 같아 내가 입을 열었다.

"교장 선생님은 외근 중 아니면 회의 중이실까요? 안녕하세요, 저는 이 학교 1학년 2반 양예준 학생의 엄마입니다. 사전에 교장 선생님 면담 약속을 못 잡은 점은 실례인 줄 알지만, 현재 1학년 2반의 문제를 다 알고 계신 교장 선생님께, 발달장애 아동이자 특수교육 대상자의 엄마로서 잠시 만나 뵙고 의논드릴 일이 있어 찾아뵈었습니다. 어려우실까요?"

"안 됩니다. 먼저 저와 이야기하시죠, 어머님."

교감 선생님인 듯한 분도 경직된 표정으로 내 앞을 막아섰다.

"교장 선생님은 학교에 모든 학생과 학부모, 그 외 교직원 관계자와 당연히 소통하는 총 책임자의 의미로 이 나라 국민의 세금으로 급여를 받고 이곳에서 근무하시는 공무원 아니신가요? 저는 그 세금을 내는 사람 중 한 사람이자 학부형으로서 왜 이렇게 소통이 어려운지 조금 이해하기 어렵네요. 아뇨, 저는 교장 선생님과 이야기하고 싶습니다. 네, 그럼 다시 날짜 잡고 오겠습니다. 면담의 주제는 특수교육 대상자이자 장애복지카드 소지자에 대한 학급 내 안전 도모에 대한 사항입니다. 학교가 저희 반 담임교사의 부재와 비장애 아이들 안에서 어떤 보호와 특수교육 지원을 해주고 계시는지, 특수교사 외 교장 선생님께 재확인받고자 합니다. 혹시라도 제가 참고하고 부모인 저도 협조하고 개선해야 하는 것이 있다면 어떻게 할지를 알고 싶기 때문이죠. 제 의견을 교장 선생님께 꼭, 전달 부탁드립니다."

교감 선생님과 교무부장 선생님의 표정은 당황스러움 그 자체였지만, 나는 결심했다. 우리 반 학부형들의 뒷담화에 휩쓸리며 내 자식 이야기가 나올까 봐 마음 졸이는 것이 얼마나 어리석은 짓인지 알기 때문이다. 이제 내 자식과 내 가정의 평화를 위해 세상과 정면 승부를 할 것이다.

그때, 갑자기 교장실 문이 열렸다.

"네? 약물치료를 중단하라고요?"

자녀는 엄마의 철저한 희생으로 자란다

"누구 어머님이시라고요?"

날 선 내 목소리에 눈길조차 주지 않은 채 조용히 집무실 문을 열고 들어가는 교장 선생님의 실루엣이 먼발치에서 보였다. 그 순간, 나를 막아서던 교감 선생님의 발은 이미 빛보다 빠르게 교장실 문 앞을 향해 달리고 있었다. 그는 교장 선생님께 짧게 내 의견을 귓속말로 보고하는 듯했으나, 다시 교장실 문이 열렸을 때 홀로 나오는 모습만으로도 쉽사리 학교의 분위기를 눈치챌 수 있었다.

"예준이 어머님, 교장 선생님께서 곧바로 외근이 있으셔서 오늘은 곤란하다고 하시는데요. 오늘은 저와 대신 얘기 나누시고, 제가 교장 선생님께 내용 전달해드릴까 싶어요. 그리고 다음 주에 1학년 2반 전체 학부모 면담을 교장실에서 할 예정이니, 그때 다른 학부모님들과 함께 어머님도 참석하시면 될 것 같은데, 어떠세요?"

'교장 선생님이라는 분은 직접 나오셔서 내게 말씀하시면 될 것을, 왜 교감 선생님을 통해서 하시는 거지? 내가 외국인도 아니고 왜 교감 선생님께 이런 간단한 이야기조차 수행비서 통해 통역시키듯 하시는 걸까? 저곳은 대단한 손님만 들어가는 특별한 곳인가?' 이런 생각이 들자 교장 선생님과 교장실의 내부가 더 궁금해지기 시작했다. 그때 나는 우리나라 학교와 학부모 간의 열린 소통의 현주소를 보았다. '설마? 내가 장애아의 엄마라 만나주지 않는 건 아닐까?'라는 내 안의 날 선 감정들까지 뒤엉키며 '더더욱 저 문을 나 스스로 열고야 만다!'라는 결심 하나가 추가되었다.

"네, 알겠습니다. 그럼 오늘은 교감 선생님과 대신하겠습니다. 이후에도 교장 선생님께서 일대일 면담이 어려우시다면 우선 특수교육지원청과 연락을 취하고 그 후에는 서울시교육청 담당 장학사와 소통하도록 하죠."

이렇게 교감 선생님과 독대가 시작됐다.

"교감 선생님, 예준이의 경우 현재 도움반 이용 없이 실무사, 공익요원의 학습지원도 받지 못하는 완전통합 학생입니다. 알고 계시는지요? 저희 반에 여러 가지 어려움도 있지만 분명 장애 아동이자 특수교육 대상자인데, 짝꿍이 ADHD 학생인 만큼 실무사나 공익요원을 매일 1시간 만이라도 교실에 지원해주셨으면 합니다. 개별화 회의 때 특수교사의 말씀은 예준이의 경우 완전통합 일반학급으로 체크된 학생이라 실무사, 공익요원 지원이 어렵다고 하세요. 또 하나는, 선생님들께서 업무로 바쁘신 줄이야 알지만, 저희 반 지원하고 계시는 강사님들께서 교실 내 친구들과의 학교생활을 매주 1회 전화로 피드백 좀 부탁드립니다. 그리고 현재 저희 반 어머님들의 매주 정기적인 반모임에서 ADHD 학생에게 도움반을 이용하게 하라는 이야기를 비롯해 각 학급의 문제아동들까지 험담하는 뒷말이 오가고 있습니다. 그때마다 저와 같은 엄마는 좌불안석인 마음으로 저희 반의 문제점을 듣고 있다 보니 더는 견딜 수 없었습니다. 그 어느 때보다 학교 내 특수아동의 적극적 관찰과 보호가 시급히 필요하다고 봅니다.”

“네네, 우선 요청하신 사항은 제가 교장 선생님께 말씀드려보고 또 도움반 선생님과도 얘기해보겠습니다. 특수학급으로의 재배치 신청서는 쓰면 되는 거고, 학생과 부모님 의견에 따라 완전통합이야 하면 되는 거죠. 예준이 어머님처럼 이렇게 적극적으로 자녀를 살피면 좋은데 말이죠. 비장애 학생 부모님들뿐만 아니라 장애 학생 어머님들 중에 자녀를 학교에만 맡겨둔 채 저희와 소통이 안 돼서 저희 교사들도 애먹는 경우가 제법 많거든요. 저도 오랜 시간 교육 현장에 있었지만, 저는 이렇게 생각해요. 아무리 공교육이 발전한다 해도 자녀는 엄마의 철저한 희생으로 자랍니다. 아이는 단순히 사랑만으로 자라는 게 아니죠? 엄마의 희생으로 자라는 게 우리나라 교육의 현실입니다."

그 순간, 국민학교 시절 교장 선생님의 훈화 말씀 속에서 중요한 말이 뇌리에 박혔던 추억의 소리가 내 귀에 울리는 것 같았다. 그리고 그 말을 기억 속에 저장했다.

'그런데 교감 선생님, 혹시 저희 담임선생님 복귀가 어려운 건 단순히 저희 반 ADHD 학생 때문인가요? 아니면 저희 아들도 그 이유에 포함된 건가요?' 이 말이 목구멍에 매달렸으나, 나 역시 자존심 때문인지 교감 선생님께 구태여 물어 확인하고 싶지 않았다.

다음 날, 나는 소아정신과 병원장님께 예준이의 학교 상황을 문자로 알리며 면담 요청을 드렸다. 약물치료의 목적과 약물 변경의 장단점, 그리고 앞으로의 방향성을 잡는 데에 엄마인 내가 혼돈 그 자체였기 때문이다. 병원은 1시간이 넘는 거리였지만 다급한 마음 탓일까, 남편과 나는 벌써 병원 마감 시간 무렵 원장님 방에 마주 앉아 있었다.

"흠, 학교 상황을 들어보니, 예준이의 경우 초반에야 집중력 약물에 좀 반응하는 듯했는데요. 지금도 몸무게의 삼분의 일 정도밖에 시도하지 않았고 조절 약을 미량 섞었는데도…. 글쎄요. 이번 기회에 그냥 중단하시는 게 나을 것 같네요."

"네, 중단이라고요? 혹시 다른 약으로 좀 더 시도하거나 바꾸는 게 낫지 않을까요? 원장님, 예준이는 약물치료도 어려운 아이입니까?"

"예준이 어머님, 그런 의미가 아닙니다. 약을 먹는 발달장애아 중에는 약을 몸무게에 비례한 양만큼 먹고 있는 경우가 많죠. 또 약을 통해 과잉행동 억제, 집중력 상승이라는 장점이 더 많아서 부작용을 감수하고도 약을 먹는 경우인데요. 예준이의 경우는 원래부터 과잉행동이 있던 것도 아니고요. 초반에야 ADHD 약물로 학습집중력이 올라 혼잣말이 없어지고 상동행동도 사라졌지만, 소량 증량에도 현재는 무기력증, 손톱이 안 자라는 부작용만 남았습니다. 더구나 학교 적응을 위한 목표로 시작했는데 지금 학급 내 분위기까지 이렇게 불안정하다면 약을 먹어야 할 초기의 목적이 사라졌기 때문에 제가 중단을 권하는 겁니다."

나는 늘 아들에게 미안한 마음과 기도하는 마음으로 약을 먹였다. 그런데 막상 약을 끊으라는 원장님 말씀에 마냥 기쁜 것이 아니라 아들을 도울 마지막 희망의 동아줄마저 끊어진 건 아닐까 싶은 생각에 오히려 아쉬움이 밀려들었다.

"자, 약물은 중단되고 나면 보통 2~3주 안에 소변으로 배출됩니다. 이때부터 아이의 문제행동이 다시 나타날 겁니다. 그 후에도 계속 변화를 관찰하시고 생활에 어려움이 있으면 그때 다시 뵙죠."

이 기분은 뭘까? 원장님 방을 나서는데, 한동안 로비의 의자에 기대어 주저앉은 채 일어나지 못했다. 깊은 한숨과 한편으로는 안도의 기쁨이, 다른 한편으로는 앞으로의 문제행동이 다시 찾아올 두려움이라는 오만 감정들이 나를 덮쳤기 때문이다.

"괜찮아. 보약도 아닌데 차라리 잘 됐어. 면담 끝났으니 오늘도 이거 마셔야지!"

병원 로비에 앉은 내 손에 딸기스무디를 건네는 남편의 단순명료한 말 한마디가 나를 일으켜 세웠다.

"우리 집 양 씨 아저씨! 단순명료해서 좋겠다."

그 후로 2~3주라는 시간은 유난히 천천히 흘렀다. 아들의 손톱이 나를 보면서 반달 미소를 보였을 때 3주가 지났음을 알았다. 6개월 만에 처음 본 아들의 손톱이었다. 약물치료를 하는 동안 보이질 않아 너무 보고 싶었던 귀한 보석 손톱이었다. 자연스레 미소를 띠며 혼잣말을 하는 아들의 입술이 그 어느 때보다 반갑고 신기했다. 한참을 끌어안고 있었을 뿐인데 감사의 기도 속에 조용히 눈물이 흘렀다.

'그래, 이게 진짜 너지. 그래, 이래야 예준이지. 반가워. 드디어 돌아왔구나, 내 새끼!'

우리 모두는 누군가의 말 한마디에 삶과 죽음을 경험한다

나는 예준이의 마음과 머릿속으로 들어가 친구가 되어주기로 마음먹었다

"자, 이제 시작하겠습니다."

아침 10시, 1학년 2반 학부모들 사이로 교장 선생님의 목소리가 들렸을 때, 드디어 내가 단체 회의에 참석해 교장실에 앉아 있음을 실감했다.

"1학년 2반 담임선생님의 부재를 비롯해 ADHD 학생의 학급 내 문제로 부모님들과 이 자리에 다 같이 모인 점에 대해, 교장으로서 안타깝게 생각하고 있습니다. 먼저 결론부터 말씀드리면 담임선생님의 복귀 문제는 아무래도 어려울 듯싶습니다. 제가 담임선생님 복직을 설득해봤지만, 지금으로서는 선생님께서 교권 보호와 병가를 요청하신 상태이고, 학생 폭력 충격과 부모님들의 항의 연락에 많이 힘들다고 하시네요."

내가 지난번 일대일 대면에 실패한 아쉬움 탓일까? 학교장 바로 앞자리에 또렷이 앉아 교장실에 찾아온 내 존재를 눈맞춤으로 교장 선생님께 각인시켰다.

"아니, 그러면 처음부터 빨리 새 담임교사를 배정했어야죠? 여태 11명의 강사 제도로 운영하시니까 복귀하시는 줄 알고 기다렸는데, 지금 와서 너무 무책임하신 거 아닌가요? 남은 학생들은 입학하자마자 혼란스럽게 뭡니까?"

부모들의 언성이 높아졌다.

"자, 학부모님들, 그 점은 학교 측에서도 최선을 다해 담임의 복직을 기다리는 과정에서 시간이 좀 길어진 점이니 양해 부탁드리고요. 현재 1학년 2반 전체가 그 학생을 상대로 학교폭력 피해자로 접수된 상황이고 회의는 이번 주에 열릴 예정입니다. 미리 말씀드리지만 현장 분쟁 발생을 고려해 1학년 2반 학부모님들과 해당 학생 아버님의 직접 대면은 없습니다. 그리고 학교 전담 경찰관 입회 아래 진행된다는 점 미리 말씀드립니다. 현재 ADHD 학생은 정신과 의사와 약물치료도 고려 중에 있다고 학생 할머님께 전달받은 점도 알려드립니다."

교장실 내 엄마들의 표정은 마치 입시설명회에 온 고3 수험생 엄마들 같았다. 나는 마음속 감정을 들킬세라 표정을 애써 감춰야 했다. 그 소식은 세상에 하나뿐인 내 자식의 어려움과 두려움 앞에서 절대 피하지 않았던 내 시험지의 성적표였기에 복직하지 않는다는 담임교사 부재의 결과에 어떤 후회도 없었다. 오히려 내 인내심이 담임교사보다는 강했다는 묘한 감정이 나를 찾아와 다시 한번 내가 당당한 엄마임을 확인하는 순간이었다.

"여러분, 우선 2학기에는 새 담임선생님이 오실 예정입니다. 그전까지는 계속 강사분이 지도할 수밖에 없다는 점 양해 바랍니다. 회의 마칩니다."

3일 뒤에 열린 학교폭력 회의장은 마치 모의법정 같았다. 학급 전체가 한 명을 상대로 하는 일이니 그야말로 마녀사냥, 그 자체였다. 그렇게 학부형들이 바라던 ADHD 학생의 한 달간 등교 정지, 정신과 약물치료 경과보고 및 교내 문제 상황 발생 시 즉시 하교 조치로 마무리되자, 결과에 불만족인 엄마들은 강제 전학을 못 시킨 게 아쉽다면서 몇몇이 모여 다시 반모임을 이어갔다.

초등학교에 입학하자마자 쓰나미처럼 맞본 학교폭력 회의의 첫 경험과 강사 11명의 교체 탓일까? 나는 학폭 회의 참석 이후 마음이 특전사처럼 단단해졌다. 나는 예준이가 그간 만나온 11명의 50대 강사들과 틈나는 대로 면담을 했다.

"예준이 정도면 장애 아이가 너무 훌륭하죠. 오히려 비장애 아이들 중에 글을 못 읽거나 말썽꾸러기인 아이가 얼마나 많다고요. 의사소통에 다소 어려움은 있어도 친구들 안에서 지내는 데에 큰 문제는 없어요. 앞으로도 잘 자랄 겁니다. 어머님, 잘하고 계세요."

강사들의 공통된 이 말들이 나를 살게 했고 움직이게 했다.

'그래, 잘해왔고 앞으로도 잘할 거야'라고, 나 자신을 위로하면서도 때론 내게도 호주머니 속 박하사탕 두 알처럼 내가 언제고 쉬면서 당을 충전할 작은 그 무엇이 필요했다. 나만 그런 것은 결코 아닐 것이다. 우리 모두는 누군가의 말 한마디에 삶과 죽음을 경험한다. 특히나 장애가 있는 자녀를 키우는 부모는 처음에 교사, 치료사, 혹은 의사의 말 한마디에 천국과 지옥을 오가는 경험을 할 때가 있다.

장애는 '극복'할 수 있는 단어가 아니다. 생의 마지막까지 동반해야 할 운명의 단어이다. 그래서 장애 자녀와 함께 살아갈 이들이 이 험한 세상을 살아낼 수 있도록 위로와 격려의 말을 잊지 말라고 그들에게 부탁하고 싶다. 현실의 문제를 직시하라는 학문적 조언의 말들 속에서 그것은 마음을 충전할 수 있는 호주머니 속 박하사탕이 되어줄 것이다. 의사, 교사, 치료사는 한 가족의 미래를 어루만지는 위대한 책임을 부여받은 자임을 잊지 말라고 당부하고 싶다. 왜냐하면, 나와 같은 부모들은 그 말 한마디로 오늘을 숨 쉬고 다가올 미래를 두려워하지 않기 때문이다.

하교 후 찾은 언어치료실. 치료가 끝나고 부모 면담 시간이 되면 나는 면담 10분간 색연필과 색칠공부 노트를 예준이에게 건네곤 했다. 약물치료를 중단한 후 다시 나타나는 혼잣말이며 손에 잡히는 모든 물건을 흔드는 상동행동을 의미 있게 대체할 것이 필요했기 때문이다. 언제부턴가 예준이는 내가 가져간 색칠공부 노트를 단순히 칠하는 것을 넘어, 대기실에 놓인 동화책의 그림을 대략 따라 그렸다. 게다가 그 시간만 되면 지난번에 칠했던 노트를 꺼내 그 위에 덧칠하는 게 아닌가? 아들이 대기실에서 칠한 그림을 다른 학부모들도 예쁘고 신기하다며 칭찬하자 아이는 미소 짓기 시작했다. 심지어 치료실 실장님 덕분에 게시판에 한 달간 전시가 되기도 했다.

그때부터였다. 예준이는 집에 돌아와도 온종일 색연필로 색칠공부 책을 칠하거나 색연필 끝에 자신의 눈을 가져가며 시각추구를 시작했다. 때로는 내가 상동행동을 오히려 강화하는 건 아닐까, 겁도 났다. 하지만 나는 예준이의 마음과 머릿속으로 들어가 친구가 되어주기로 마음먹었다. 아들이 오롯이 색칠하는 순간만큼은 그 곁에 나도 늘 함께였다.

하루에 2시간씩, 어떤 날은 4시간, 하교 후 치료가 끝나면 집에 돌아와 자신이 보았던 것들을 그림으로 그린 뒤 가위로 오려 테이프로 붙이기 시작했다. 그것들은 다름 아닌 화장실 마크, 담배 간판, 비상구 마크, 에어컨 실외기, 이발소 사인볼, 하수구 판 등이 아닌가? 늘 사람들이 크게 관심 없는 것들 앞에 서서 멍하니 시각추구만 하던 아들은, 그것들을 눈으로 외우고 있었고 결국은 보지 않고도 그려내기 시작했다. 그러고는 집 안 화장실 입구며 방문에 붙였다. 때론 긴 노끈에 매달아 방에 빨랫줄처럼 거미줄로 교차시킨 후 누워서 흔들며 시각추구를 했다.

'엄마인 내가 미쳤나? 이래도 되는 걸까? 다시 약을 먹여야 하나? 왜, 예준이는 일반 아이들이 미술학원에서 보통 그리는 사람과 풍경을 안 그리는 거지?' 이런 생각에 걱정과 불안의 싹이 조금씩 자라나기 시작했다. 하지만 나는 내 결심을 믿기로 했고 그 싹이 절대 자라지 않도록 기도했다. 시간이 지날수록 감당할 수 없을 만큼, 우리 집 벽은 흡사 무당집 풍경이 되어갔다. 결국, 고민 끝에 우드락 판을 만들어 자신의 작품을 맘껏 붙이도록 방 벽과 거실 벽을 내어주었다.

"우아, 예준아! 네 미술전시관 완성이다. 우리 아들, 작가님이네."

그날 이후부터 집 앞 문방구에서 구입한 전지를 벽과 거실 바닥에 붙여주어 색연필의 범위를 넓혀가도록 했다. '그래, 물감이 아니니까 잘 지워지고 괜찮을 거야.' 그때마다 내가 미술에 대한 정보가 부족해 아쉬웠지만 나 자신을 믿기로 했다.

여름방학이 시작됐다. 하루는 예준이가 무심코 방에서 성당 자매님 아들이 공모전에서 제작해 선물한 스케치북을 들고나와 색칠을 시작했다.

"그래, 장애 아동 멘토링 공모전이라고 했어. 이제 기억난다! 베드로 형도 이거 했다고 했는데. 예준아, 우리 이런 거 한번 도전해볼까?"

어디서 그런 용기가 난 걸까. 나는 무작정 공모전을 검색해 원서에 내 사연을 썼다.

이게 뭐라고 1차 합격자 발표 날 왜 그리 떨리던지. 합격자 발표를 기다리는 수험생은 알 것이다. 결과를 기다리는 그 기분은 마치 로또 복권을 긁는 것만큼 설렘과 걱정이 뒤엉킨다는 것을.

'축하드립니다. 양예준 1차 합격! 다음 주 2차 드로잉 테스트를 준비해주시기 바랍니다.'

아들 생에 첫 합격 소식이었다. 그래, 찾았다. 내 호주머니 속 나를 숨 쉬게 할 박하사탕 두 알.

부모라는 인간 세계는 여기도 똑같구나, 아니 더하구나!

"예준아, 네가 생각하는 행복한 순간을 그려줘"

"예준 엄마, 인사해요. 이쪽은 우리 학교 내년 장애 신입생 4명 엄마! 오늘 이 자리에 함께 모이면 좋겠다 싶어, 제가 연락드렸어요."

아침부터 카페에 도움반 예비 신입생 엄마들까지 모인 자리, 한 엄마의 소개로 인사를 나누며 착석했다.

"내년에는 우리 학교 도움반 학생 수가 많아서 2학년부터 공익요원이랑 실무사 지원이 지금보다 줄고, 무조건 저학년에 우선순위 배정이라고 하던데, 예준이 엄마, 알고 있죠?"

"그래서 말인데요. 아이들이 내년이라 해도 아직은 초등 2학년이라 도움이 많이 필요한 시기인데, 이참에 우리 부모들이 교장 선생님께 활동보조 선생님 출입 허락을 요청해보는 게 어떨까요? 활동보조 선생님은 각자 구하고요. 개인부담금이야 발생하겠지만, 보건증도 있고 신분이 검증된 분들이니 교장 선생님께서 허락만 해주신다면 이 문제는 해결될 듯해요. 여러분 생각은 어떠세요? 이미 다른 학교들은 이렇게 운영되는 곳도 있다고 들었어요.”

내가 입을 열었다.

그 순간 다들 괜찮은 듯 고개를 끄덕였고, 예비 신입생 엄마들은 선배 엄마들의 눈치를 살폈다. 그때, 누군가 물음표를 던졌다.

“아니, 외부인력 출입으로 혹시라도 문제 될 일이 생기면 학교장 선생님이 개인 책임으로 돌리실 텐데 그걸 허락하시겠어요? 그리고 이 내용을 누가 전달하냐고요. 교장 선생님 만나는 거 좀 부담되는데.”

그때는 몰랐다. 나와 같은 장애아의 부모들이고 나와 비슷한 처지이니 다들 내 마음과 같을 것이라고 생각했다. 착각은 자유였다.

“저희 과반수가 동의 후, 단체로 찾아뵙는 것만 부담된다면 제가 대표로 가겠습니다. 걱정 마세요. 우리는 교장 선생님 만나는 것을 죄인처럼 어렵게 생각하고 겁먹어야 할 이유가 하나도 없다고 봅니다.”

내 한마디에 나와 반대자 엄마 간에 묘한 신경전이 오가다

모임이 마무리됐다.

"예준 엄마, 냅둬! 저 엄마는 구태여 자부담하고 싶지 않은 거지. 자기 아이가 이 중에서 제일 장애가 심한데, 구태여 개인부담금 지출해가며 활동보조 선생님 투입에 동의하겠냐고! 가장 중증이면 가만히 있어도 학교에서 제일 먼저 우대해줄 거라는 놀부 심보! 딱 그거네. 아니, 왜 저러는 거야."

옆에 있던 제일 나이 많은 엄마가 일어서는 나를 위로하듯 말했다.

장애 자녀를 키우는 해가 거듭될수록, 사람이 모이는 곳은 장애, 비장애 부모라는 이름표와는 상관이 없다는 것을 느낀다. 비슷한 상황과 자녀의 관심사를 가진 또래 부모가 모이면 그 어느 집단이라 해도 그 안에 미세한 시기와 질투, 약간의 경쟁심이 존재한다. 유아기에 발달센터에서 만났거나, 같은 장애명을 받은 부모라 해도, 상대방의 아이와 지금의 내 아이를 비교해가며 험담하는 모습을 종종 목격하곤 한다. 한때는 치료실 정보를 공유했던 사이였어도 어느 순간 알 수 없는 견제의 상대가 되어 있다며 말이다.

왜 이런 일이 생기는 걸까? 특히나 장애 부모라는 이름표를 부여받은 사람은 세상의 모든 것을 자식을 통해 '감사'와

'겸손'을 배우라는 하늘의 깊은 사명을 부여받은 자들임에도 불구하고 말이다. 부모라는 이름표를 지닌 사람에게 '자식 보호'라는 본능은 죽음 앞에서도 사라지지 않을 것이다. 그러나 그중에서도 장애아의 부모는 장애 아이를 키운다는 이유로 그 마음이 더 절박한 것이 아닐까?

아들을 키우며 지금도 우리 부모들 주변을 들여다본다. 때론 비장애아 부모들보다 장애아 부모들 사이에 더한 시기와 질투로 서로 경쟁하듯 험담하는 모습에서 나는 슬픔이 밀려온다. 우리는 아직도 더 마음을 비우고 내려놓지 못하는 것이다. 오로지 내 장애 자녀만 높이 그리고 편하게 살도록 길을 닦아주면 된다는 욕심이 가득한 것이다. '부모라는 인간 세계는 여기도 똑같구나. 아니, 더 하구나!'

작은 나비의 날갯짓 하나가 거대한 '나비효과'라는 힘을 만들어낸다. 장애인 부모들부터가 서로를 위로하고 함께 배려하지 않는다면 비장애인들에게 있어 장애인들은 그저 도움만 필요로 하는 사람들이며, 자신만의 이익을 추구하기 위해 배려를 강요하는 이익집단으로 전락할 수 있다. 내 자녀가 편안한 만큼 조금은 덜 불편한 장애인이 무조건 양보해야 한다는 생각을 버려야 장애인 전체가 살기 좋은 세상을 함께 꿈꿀 수 있다. 그래야 장애인들도 살 만한 세상, 함께 대우받는 세상이 온다. 내 아이가 조금은 남에게 배려하고 때로는 부모 없이 홀로 힘든 경험도 해봐야만 언제고 장애 자녀와 아름답고 뜨거운 이별을 맞이할 것이다.

"예준아, 일어나야지! 토요일 아침이야. 우리 아들, 엄마랑 오늘 잠실에 그림 그리러 놀러 갈 건데, 어때? 오늘 예준이는 뭘 그리고 싶어? 엄마랑 끝나고 뭘 먹을까?"

드디어 2차 드로잉 실기시험 날이다. 시험장까지 가는 동안, 긴장한 탓에 마치 내가 수험생인 양 말이 많아졌다. 행여 놓칠세라 아들 손을 꼭 잡고 잠실 시험장까지 지하철 여행을 시작했다.

"어머, 우리 여기서 또 만나네요? 예준이 맞죠?"

시험 대기실에서 우연히 만난 발달센터 동기생 엄마와 응원의 눈인사를 주고받는 순간, 내가 진짜 시험장에 왔음을 실감했다.

"자, 지금부터 보호자 분들은 함께 착석하셔서 수험생이 혹시 모를 과잉행동이 있으면 제지해주시되, 어떠한 것도 말로 지시하거나 개입하실 수 없다는 점 미리 말씀드립니다. 시험은 1시간 동안 이루어집니다. 저희가 책상에 제공해드리는 재료만을 이용해주시고 자유롭게 '자신이 생각하는 행복한 순간'을 표현하면 됩니다. 조형으로 표현하셔도 무방합니다. 2차 실기시험, 지금부터 시작하겠습니다."

시험이 시작됐다. 책상 위의 재료는 색종이 묶음, 8절 켄트지 한 장, 마커펜, 클레이, 크레파스, 가위, 풀이 전부다. '맙소사! 눈 씻고 찾아봐도 예준이가 가장 좋아하는 재료인 색연필이 없다! 마커펜은 다뤄본 적도 없는데 큰일이네.' 그 순간, 내 귀에 들리는 혼잣말 소리로 아들의 불안이 시작됐음을 눈치챌 수 있었다. 계속해서 예준이의 시선은 자신의 가방 속에 있는 색연필을 꺼내고 싶다는 듯 머물렀다. 계속되는 혼잣말 속에 색종이 한 장을 만지작거리기만 10여 분. 그렇게 시간이 흐르고 있는데도 뭔가를 그릴 마음도, 색을 칠할 마음도 없어 보였다.

엄마인 내가 차라리 시험장 밖에 있어서 이 상황을 못 봤더라면 마음이라도 편했을 텐데. 눈앞에서 지켜만 보고 개입을 할 수 없으니 속이 타들어갔다. 고학년생은 그림을 제법 그려본 듯, 연필과 마커펜으로 동물이나 풍경을 막힘없이 그리는 듯했고, 발달센터 동기생 아이도 뭔가 열심이었다. 순간 나도 모르게 시험에 응시한 11명의 아이들과 부모들을 두리번대고 있는 게 아닌가?

"예준 학생, 시작해야 할 텐데? 왜, 뭐가 문제 있나요?"

시험감독관의 말에 예준이가 대답했다.

"색연필이 없어서요."

"그래도 여기 있는 것으로만 하는 게 원칙이니까 이걸로 해보는 거야."

지나던 시험감독관이 시작조차 하지 않는 예준이의 행동에 던진 말을 다행히 받아들인 걸까? 그때부터 예준이는 노란 색종이 한 장을 도화지 한가운데에 풀로 붙이고 또 한 번 멍하니 있더니 하트인 듯한 무늬를 색종이 안에 4열 종대로 그려내고 가운데는 엉킨 실타래 같은 것을 그리기 시작했다. '아니, 지금 애가 뭘 그리는 거지? 주제가 행복했던 순간인데.' 바라보는 나도 도무지 알 수가 없었다. 그러고는 옆에 크레파스로 '하트 하수구 판에 걸린 머리카락'이라는 제목을 썼다. 뭔가 색칠할 마음도 없어 보였다. '이게 끝이라니.'

그 순간, '어쩜 좋아, 이러다 떨어지겠구나' 싶었다. 애가 타는 나는 도화지를 뒤집어서라도 다시 그리라고 하고 싶었지만, 아들의 시험 시간은 속절없이 흘러 그렇게 종결되었다. 엄마의 애타는 속도 모르고 시험이 끝난 뒤 하나둘씩 퇴실하는 수험자들 사이로 자신의 가방에서 개인 스케치북과 색연필을 꺼내 만지작거리더니 나를 향해 미소 짓는 아들. 그 모습을 한 심사위원분이 유심히 보시곤 홀연히 시험장을 떠나셨다.

긴장이 풀리자 내 등으로 식은땀이 흐르는 걸 느낄 수 있었다. 아들의 미소를 보고 있자니, 오늘 시험에 욕심을 부리고 에어컨 바람 속에서 땀까지 흘리고 있는 나 자신이 한없이 부끄러워 헛웃음만 나왔다.

'그래, 우리 예준이와 잠실로 지하철 여행을 했으니 그거면 된 거야. 낯선 장소에서 색연필이 없는데도 1시간 동안 자신과의 싸움을 잘 참아낸 것만으로도 너무 잘한 거야. 잘했어! 기특하다, 내 새끼.'

2부

마음을 그리는
색연필 화가가 되다

“저는 마음을 그리는
화가가 될 거예요”

나는 달라지기로
결심했다

“어머머! 우리 예준이, 합격이래. 말도 안 돼. 예준아! 예준 아빠! 이것 좀 봐.”

‘양예준 학생, 서울문화재단 멘토링 공모전 최종 합격하셨습니다. 토요일 오전 11시까지 오리엔테이션 참석 여부를 전화로 확인 부탁드립니다.’

아들의 합격 문자를 받는 순간, 마치 대입 합격 소식을 들은 수험생 엄마인 양 내 목소리는 하늘로 비상 중이었다. 이 땅의 모든 부모는 자식의 기쁜 소식이 내가 받은 것 그 이상의 기쁨이라더니, 바로 이런 것이구나. 처음 느껴보는 순간이었다. 그래서일까? 집에서 1시간 가까이 걸리는 잠실 오리엔테이션 장소를 찾아가는 길이 마치 옆집처럼 느껴졌다. 떠나는 차 안에서 나는 설렘과 긴장감에 문자메시지를 몇 번이고 재확인하느라 아들의 안전띠 확인도 잊은 채였다.

"저는 어머님이 어떤 분이실지 궁금했어요."

"네? 제가 궁금하셨다고요?"

"보내주신 자기소개서의 내용이 하늘에 계신 친정아버지께 예준이를 소개하는 편지글이라 제가 읽는 동안 눈물이 나더라고요. 이런 사연을 가진 어머님은 과연 어떤 분이실까? 또, 왜 행복한 순간인데도 예준이는 하수구 판을 그렸을까? 그리고 시험 시간 내내 자신이 좋아하는 색연필을 꺼내지 않고 참아내던 아이의 모습이 기억에 남아 제가 어머님도 뵙고, 예준 학생과 함께 작업해보고 싶었습니다."

"진심으로 감사드려요, 작가 선생님. 아, 그게, 예준이가 올해 초등학교에 입학하고 심리적 불안이 높아질 때마다 복도에 설치된 세면대 하수구 판을 유심히 보고 오더라고요. 집에 와서 '엄마, 우리 학교 1학년 2반 복도에는 하트 하수구 판이 있어요'라고 자주 엉뚱한 말을 했고요."

나도 처음에 이 말이 무슨 말인지 몰랐다. 발달장애의 특성상, 불안할 때마다 특정 패턴 속 규칙적으로 반복되는 무늬가 예준이를 편안함으로 이끌었을 것이라는 감각치료사의 말을 통해 그 의미를 해석할 수 있었을 뿐이다. 그 후부터 한동안, 아들은 외출할 때마다 공중화장실이며 세면대 하수구 판에서 하트 무늬를 찾는 시각추구 습관이 있었다.

"선생님, 예준이는 학교에서 함께 노는 친구들보다 자신의 마음을 편하게 할 그 무언가를 찾았어요. 그게 하수구 판 패턴 무늬였고 쉬는 시간마다 하수구 판을 보고 올 때 행복했다네요. 그리고 드로잉 시험 날 받은 색종이가 마침 네모 모양이라 자신이 좋아했던 하트 하수구 판에 머리카락이 걸린 모습을 떠올리며 그린 거라고 해요."

"아, 그랬군요. 행복을 그렇게 떠올린 예준이의 생각이 정말 기특하네요."

다른 사람들은 관심이 없는 생활 속 사물들을 유심히 보는 아들의 능력을 나는 그저 시각추구 행동이라 생각하고 못 하도록 막았는데, 예준이에게는 나름의 이유가 있었던 것이다.

"선생님, 예준이는 길을 가면서도 비상구 유도등, 화장실 마크, 이발소 사인볼, 각종 회사 로고를 열심히 관찰하는 걸 좋아해요."

이야기를 듣던 멘토 선생님께서 흐뭇하게 엄마 미소를 지으셨다.

"그걸 그림으로 그리면 되죠. 어머님, 그냥 두세요. 괜찮아요. 저는 서양화가이지만 독일에서 치료학을 전공한 치료사이기도 합니다."

선생님의 말씀에 내 입가에 말없이 안도의 미소가 번져 나왔다.

그날 이후부터 화가 선생님과 일주일에 한 번씩 선생님 개인 작업실에서 일대일로 가을 전시를 위한 멘토링이 시작됐다. 아이에게 앞치마와 붓도 쥐여주시고 예준이가 좋아하는 것을 마음껏 종이와 벽에 그리게 하셨다. 예준이는 아직도 시각추구를 하려는 상동행동이 많이 남아서인지 점토 종류의 클레이를 주면 조형물을 만드는 것이 아니라 도예용 물레 위에 올려놓고 클레이 덩어리를 빙빙 돌리며 시각추구에만 집중했다. 드로잉도 오로지 색연필로 낙서 같아 보이는 것을 덧칠하듯 반복할 뿐, 보고 그리기 등의 지시를 따르는 것도 어려웠다. 그런데 이게 무슨 일인지 선생님이 '잘하네! 우리 예준이!'라고 하시며 시각추구를 오히려 격려하시는 게 아닌가?

나는 너무 당황스럽다 못해 이해하기 어려웠다. '그간 상동행동을 어떻게든 소거하기 위해 감각통합치료에 쏟아부은 돈이 얼마인데, 맙소사! 아니 저 행동을 계속하라니, 저 선생님이 왜 저러시지?' 당장이라도 '그만 하세요! 지금 아이한테 자폐행동인 시각추구를 강화하시면 어떡해요!'라고 소리치며 문을 열고 아이를 데리고 나오고 싶었다. 하지만 예준이와 선생님은 웃으며 마냥 행복해하고 있었다.

대기실에 앉아 있던 나는 남편과 서로 걱정의 눈빛을 주고받으며, 치료학을 전공한 선생님이시니 믿고 기다려보자 속삭일 수밖에 없었다. 그때마다 '아, 이걸 계속 놔둬야 할까? 작가님께 조심스레 당부의 말씀을 드려야 하나?' 나 자신과 싸움이 수없이 계속됐다.

얼마나 시간이 흘렀을까. 단풍잎이 물들기 시작할 무렵, 예준이가 매주 화가 선생님께 가는 날을 달력에 표시하며 기다리는 게 아닌가.

그렇게 수개월이 지난 어느 날, "엄마, 나는 화가가 될 거예요"라는 말로 나를 놀라게 했다.

"왜? 예준아, 갑자기 왜 그런 생각을 했어?"

"나도 화가 선생님처럼 되고 싶어요. 선생님은 나한테 잘하네, 우리 예준이, 그렇게 더 해도 괜찮아! 했어요. 나도 화가 선생님처럼 훌륭한 화가 할 거야."

그 말이 들리는 순간, 이미 나는 아들을 끌어안은 채 눈물을 흘리고 있었다. '내가 몰랐구나. 예준이가 시각추구를 하는 이유를…. 네 마음 안에 들어가 함께 색연필을 흔들고 색칠하며 그래도 괜찮다고 더 말해줄걸.' 감각통합치료와 약물치료에만 의지했지, 시각추구를 하는 이유 속으로 함께 들어가 소통하려고는 왜 생각하지 못했을까? 시각추구는 결코 나쁜 것이 아니었다. 아들은 세상의 수많은 정보에 대해 자신이 다 처리하고 받아들이지 못할 때 나오는 자신만의 방어기제를 가지고 있었고, 그 위로의 대상이 하수구 판이었을 뿐이었다.

그 후로 아들은 집에 돌아와서도 자신이 보았던 마크를 온통 그렸다. 그런가 하면 눈동자, 화장실 마크, 고속도로 톨게이트 혹은 교차로에서 봤던 장면을 그린 뒤 오려서 집 안 곳곳에 마치 부적처럼 붙여놓고, 색칠만 2시간 이상 반복했다. 그래도 나는 웃으며 응원했다. 처음에 남편은 우리 집이 흡사 역술인 집 같다고 당황했지만, 아들의 행복한 미소와 바꾼 집 풍경에 점차 함께 칭찬해주기 시작했다.

늦가을, 서울시민청 전시 날. 멘토링 공모전에 뽑혔던 아이들의 작품들 사이에 예준이의 작품도 있었다. 낙서 같은 그림은 누가 봐도 예준이의 그림이었지만, 내 눈에 그 완성도는 중요하지 않았다. 그저 형, 누나들 사이에서 내 아들이 최연소 전시 참가자로 오프닝 행사 카메라 앞에 당당히 서 있는 모습이 믿어지지 않을 뿐이었다. 예준이도 자신이 참여 작가라는 것을 느꼈던 걸까? 소감 발표를 위해 마이크를 잡은 아들의 손에서 행복과 긴장감이 느껴졌다.

예준이는 말했다.

"저는 마음을 그리는 화가가 될 거예요."

아들의 소감에 내 눈물은 멈추지 않고 흘러내렸다. 감동이 흐르고 있었다.

내가 열심히 살고 싶어 웃기 시작하자, 아들도 웃는 날이 많아졌다

응답하라!
수호천사들이여!

나는 무지한 엄마였다. '발달장애'는 발달센터에서 치료만 받으면 언제고 낫는 병인 줄만 알았다. 그리고 언젠가 다 회복해서 이곳을 탈출(?)하리라는 굳은 믿음에 한 달에 명품 가방 한 개 정도의 비용을 발달센터에 카드값으로 가볍게 지출했다. 그러면서도 정작 나를 위한 옷과 화장품을 사는 것에는 세상 자린고비 겁쟁이가 된 이상한 아줌마로 수년간 살아왔다.

다른 부모들은 발달센터 대기실을 어떻게 기억하고 있을까? 내게 있어 대기실은 세상의 따가운 시선 속에서 잠시나마 쉴 수 있는 휴식처였다. 그곳에서 만난 사람들은 1년에 한두 번 명절에나 만나는 친척보다 더 자주 보는 제2의 가족이었다. 이 생활도 5~6년간 계속되자 대기실은 곧 '별다방'

이요, 브런치카페 같은 쉼표의 공간으로 추억되었다.

서울문화재단 전시 프로젝트가 끝난 후에도 아들은 화가 선생님과 멘토링을 더 이어가고 싶어 했다. 하지만 선생님의 대학 강의 일정으로 인해 그 만남은 계속 유지되기 어려웠다. 그 후로 동네 미술학원도 찾아봤지만, 장애 아동이라는 이유로 거부당하기 일쑤였다.

누가 '무식하면 용감하다' 했던가? 미술에 좀 무지하면 또 어떤가? 누구에게나 처음이 있다. 그래서 결심했다. 내가 아들의 미술치료사이자 매니저가 되기로.

그 후로 아들과 홍익대 주변 화방을 놀이터 삼아 방문하기 시작했다. 자연스레 화방 사장님께 다양한 미술 재료에 관해 설명도 듣고 구경도 하며 미대생들이 무엇을 좋아하는지부터 살피기 시작했다. 덕분에 예준이는 생일 선물로 고른 나무 색연필을 거부감 없이 받아들였다. 홍대거리에서 돌아오는 길에 예준이가 좋아하는 입간판, 미용실에서 본 잡지, 대학가 주변 포스터를 사진으로 찍어 일기를 쓰는 습관이 자리 잡자, 예쁜 글씨체와 필압 조절은 아들에게 선물처럼 따라왔다.

나는 미술에는 무지했지만, 장애 아동 치료는 치료사를 만나야만 할 수 있는 것이 아님을 점차 깨달아갔다. 첫 단체 전시 이후, 나도 예준이의 시각추구인 색연필 흔들기 상동행동을 아들과 함께하고 싶어졌다. 이제는 내가 치료사에게 배운 조언 한마디를 붙잡고 내 자식에게 맞는 프로젝트를 엄마 표로 만들어 생활 속에 실천하지 않으면 치료의 마법은 절대 일어나지 않는다는 걸 알고 있다.

우리 부부가 미술 전공자가 아니었기에 무엇을 어떻게 이끌어주어야 할지 몰라, 내가 처음 국문학 전공을 선택할 때를 떠올려보았다. 사물을 관찰하고 그 사물에 말 걸기, 작가의 작품을 원고지에 필사해보기 등 시인을 꿈꾸던 그 맛을, 미술이라는 새로운 예술 장르에도 응용하고 예준이에게도 접목해보기로 했다. 마음을 그리는 화가가 되겠다는 아들의 말 덕분에 주말이면 미술관 전시회 관람이 가족의 일상이 되어갔다. 언제부턴가 우리 부부도 온통 미술에 관한 자료만 눈에 들어왔고 아들은 그것을 사진에 담아 따라 그려보고 색연필로 겹칠하는 날들이 늘어났다.

컬러링북을 사주어도 기존의 견본색을 따라 칠하지 않았고 자신만의 색을 만들어가는가 하면, 밑그림의 경계선을 넘어가며 온몸으로 눌러 칠했다. 연필을 똑바로 잡지 않고 움켜잡아도, 색연필을 양손으로 쥐고 흔들어도, 나는 아들을 응원했다. 점차 벽에 전지를 붙여주고 그림의 범위를 넓혀가기도 했다. 어느 날부터는 묶음으로 구매한 저렴한 스케치북을 외부로 이동할 때마다 가방에 들고 다녔다. 그렇게 작업한 습작품들을 사진과 동영상으로 보관했다.

우리만의 보물이 차곡차곡 나이테를 만들어갔다. 정리를 좋아하는 남편은 아이의 습작품이 쌓이고 벽에 두서없이 전시되면 한 달 뒤 아이 몰래 한 번에 분리수거통에 조용히 버리자고 나를 설득했다. 하지만 버리는 것을 지독하게 싫어하는 나는, 심지어 물티슈에 그린 아들의 습작품까지 이삿짐을 꾸릴 때마다 보물 1순위로 챙기기 시작했다.

예준이 엄마로 불리기 전 시절, 열아홉 살 소녀 장윤경도 처음 나를 문학소녀로 만들어준 펜팔 친구와 주고받았던 편지를 지금도 보관해 추억하고 있다. 그것처럼 아들의 첫사랑 같은 미술과 만남을 보관해주고 싶었다. 어쩌면 내가 없는 세상이 왔을 때 예준이가 어린 시절 미술놀이 속에서 엄마와 함께했던 추억을 기억해주길 바랐는지도 모르겠다.

지금 이 순간, 잠시 쉼표를 찍으며 예준이를 떠올려본다. 내 아들 예준이! 이 작은 천사는 내게 선물처럼 찾아와 매 순간 나를 가르친 삶의 스승이다. 돈과 명예보다 우리 삶에 더 중요한 보물이 있다는 걸 알려주는 천사이다.

아들의 장애 덕분에 특수학급이 있는 어린이집이며 학교와 치료실을 찾다 보니, 이삿짐을 꾸려 언제든 미련 없이 떠날 수 있는 유목민의 정신을 배웠다. 다양한 분야의 의사를 만날 기회를 선물해주는가 하면, 참된 의사를 알아보는 지혜의 눈도 가지게 해주었다.

그렇게 아들 덕분에 각 분야의 의사들을 만날 때마다 나는 매번 아이의 장애를 조심스레 밝혀가며, 약 처방 시 혹시 모를 문제에 대비하기 위해 참고해달라는 작은 고해성사를 해야만 했다. 아이의 낙상사고로 찾은 정형외과 의사는 엄마가 결혼이 늦어 이런 아이를 낳은 거라며 아들 장애의 원인으로 내 나이를 탓했다. 예준이가 다섯 살 무렵, 한 치과 의사는 자폐성 장애아는 무조건 마취를 시키고, 혹시라도 거부하면 고정대 벨트로 묶고, 그조차 거부하면 돌려보내라며 보호자의 동의 없이 상세병명란에 F코드를 기록하기도 했다. 아이의 입천장소리 발음이 어눌해 찾은 대학병원 이비인후과 교수는 자폐 아이는 조절이 힘드니 무조건 마취 후 엑스레이부터 찍고, 설소대를 수술해도 장애가 있으면 발음의 변화가 크지 않을 수도 있다고 거침없이 말했다. 그때마다 장애아를 낳은 것이 죄인처럼 느껴져 아이를 등에 업은 채 병원 비상구 계단에서 혹은 집으로 돌아오는 차 안에서 소리 없이 울었다.

나는 그야말로 주홍글씨가 가슴에 새겨진 여인이었다.

그런데 다섯 살에 처음 방문했던 한 개인병원 소아청소년과 의사 선생님은 달랐다. 진료 대기가 꼬리에 꼬리를 물고 있는데도 늘 내 이야기를 먼저 들어주셨다. 아이가 장애 판정을 받는 과정부터 그 이후에도 위로와 응원의 말씀을 주신 뒤, 천천히 아이를 진찰하시며 아이에게 심지어 악수까지 청하시는 게 아닌가? 그때 알았다. 세상에는 이런 의사 선생님들도 계시다는 것을. 한번은 폐렴으로 대학병원에 입원하게 되었는데, 그 순간에도 걱정하시며 전화를 주셨다. 연세365 소아청소년과 한동기 원장님과의 인연은 그렇게 시작됐다.

그뿐이 아니었다. 언어치료사이자 센터장이신 선생님 한 분이 예준이가 색연필에 집중하는 모습을 보시고 "어머님, 예준이 미술에 소질이 있는 것 같아요"라고 용기를 주기도 하셨다. 그저 언어치료사에게 보내면 마법이 일어날 것이라는 생각에 습관처럼 다니는 치료실이 많아졌을 무렵, 나는 그 언어치료사 원장님의 말씀을 기억하고 붙잡았다.

아들과의 삶 안에서 만난 사람들, 그들 안에서 "그래, 널 응원하고 기도 중에 기억할게"라고 말씀해주시는 그 용기의 메시지가 아들과 나를 살게 했고 움직이게 했다. 그렇게 내가 아들과 열심히 살고 싶어 웃기 시작하자, 신기하게 예준이도 웃는 날이 많아졌다.

나는 지금도 후배 엄마들에게 조심스레 말한다. 장애 자녀와 살면서 만난 모든 사람과 사물이 곧 스승이니, 그 어떤 것도 두려워 말고 부딪히고 배워야 한다고. 우리는 사회 속에 마치 숨은그림찾기처럼 아이를 꼭꼭 숨겨둘 것이 아니라 그 안에서 더불어 살아갈 방법을 간구하고 가르쳐야 한다고.

정글처럼 보이는 세상이지만, 그 안에도 분명 우리를 응원하고 함께하려는 따뜻한 손길의 '수호천사'들이 곳곳에 보석처럼 숨어 있다. 신께서 이 땅에 그런 분들을 분명 보내셨고 우리 장애 부모들이 살아갈 수 있도록 하셨기에 눈을 크게 뜨고 용기 내어 말해야 한다. "장애를 가진 우리 아이는 틀린 것이 아니라 다른 것일 뿐이며 특별한 존재입니다!"라고 말이다.

'하늘은 스스로 돕는 자를 돕는다'라는 말처럼 우리 부모들의 소리를 듣고 수호천사들이 오늘도 우리 곁에 출동할 것이라 나는 믿는다. '응답하라! 수호천사들이여!'

새 학년이 되자 아들에게
쌍둥이 친구가 생겼다

내게 온 수호천사가
여기 또 있었구나

"안녕하세요, 2학년 2반 담임을 맡은 이화랑입니다. 우리 반은 학부모들 간의 단톡방도, 반모임도 만들지 않는 것을 원칙으로 합니다. 학교 관련 소통은 담임교사인 저와 직접 하시면 됩니다. 미리 말씀드리지만, 저희 반은 현장체험학습 참여 시 단체 도시락 주문을 비롯해 학급 내 생일축하파티 문화는 만들지 않겠습니다. 자, 지금부터 대표 어머님 지원하실 분 계실까요?"

50대 중반 새 담임선생님의 강단 있는 말씀 한마디에 2학년 학부모 총회에 참석한 엄마들은 토끼 눈으로 서로를 바라보며 당황하는 눈치였다. 하지만 내 마음은 그야말로 '유쾌, 상쾌, 통쾌'했다. 고생 끝에 낙이 온다고 했던가? 시간이 멈춘 것만 같았던 초등 1학년, 학급 내에 벌어졌던 일들로 쌓인 많은 마음의 짐들이 2학년이 되자 해결되는 순간이었다.

대한민국 초등 저학년 학부모들의 교육 열정은 정말이지 하늘을 찌른다. 이렇다 보니 반모임을 통해 교육 정보부터 학급 내 돌아가는 상황 뒷이야기까지, 반모임과 단톡방은 그야말로 엄마들의 사랑방인 셈이다. 그러나 나처럼 장애가 있는 자녀를 둔 엄마에게 반모임과 단톡방은 늘 좌불안석이요, 다녀오면 마음이 파김치가 된다. 이 고민을 구세주처럼 멋지게 나타난 새 담임선생님 덕분에 한 방에 해결했다. 그야말로 나를 위해 오신 슈퍼우먼, 아니 여전사셨다. 그날부터 이화랑 선생님과 소중한 인연이 시작됐다.

학부모 총회 날, 엄마들의 자기소개 시간이 따로 있지 않았음에도 새 선생님께 양해를 구한 뒤 나 스스로 아들의 장애를 당당히 밝혔다. 2학년 엄마들은 내 소개에 당황하는 눈빛과 안타까워하는 눈빛을 섞어 보내왔다. 하지만 내 큰 눈은 영화 〈친절한 금자씨〉 이영애 배우의 눈빛을 흉내 내듯 '안타까워 말아요, 지금 나는 충분히 행복하니 너나 잘하세요'라고 당당한 눈빛으로 그들에게 답했다.

"저기요, 예준이 엄마라고 하셨죠? 그런데 전화번호가 뭐예요?"

"아, 제 번호요?"

'이 엄마는 누굴까?' 집으로 향하는 나를 찾아와 번호를 먼저 묻는 학부형도 있었다.

새 학년이 시작되고 예준이에게 같은 반 쌍둥이 형제 친구가 생겼다. 아침 등굣길에 우연히 만나면 인사하던 쌍둥이 형제는 언제부턴가 예준이를 집 앞에서 기다려주기 시작했다. 담임선생님께서도 특히 쌍둥이 중 큰아이가 반에서 체격이 크고 힘도 세서 급식실에 갈 때마다 예준이를 챙기고, 예준이도 그 친구들에게 의지하며 학교생활을 한다고 하셨다. 나는 예준이를 챙겨주는 그 마음이 너무도 고맙고 고마웠다.

그런데 쌍둥이의 복장이 좀 남달랐다. 조금은 쌀쌀한 3월인데도 맨발에 샌들, 그리고 반소매를 입고 있는 게 아닌가? 때때로 저녁 8시가 다 되어갈 때 아이들이 우리 집 초인종을 누르고 말했다.

"아직 저녁밥을 안 먹었어요. 배고파요, 아줌마."

그때마다 나는 간식을 사주거나 밥을 먹여 집으로 보내곤 했다. 엄마들 소문에 쌍둥이의 엄마가 조현병 증상을 보이는 사람이라며, 내게 그 집 아이들과 예준이가 어울리지 못하게 하라는 소리도 들려왔지만, 장애 아이를 키우는 내겐 중요하지 않았다.

4월의 봄, 현장체험학습 날이 하루 앞으로 다가왔다. 나는 하굣길에 조심스레 쌍둥이들에게 말했다.

"얘들아, 내일 봄 소풍 가는데 아줌마가 예준이 도시락에 너희랑 같이 먹으라고 김밥이랑 유부초밥, 떡갈비 여유 있게 보낼 테니 같이 나눠 먹고 예준이랑도 즐겁게 놀다 와."

"정말요? 잘됐다. 이번 소풍에 편의점 김밥 안 먹어도 된다! 아줌마, 저희 엄마는 도시락을 안 싸줘서 편의점에서 그냥 몇 개 사 가요. 원래는 외할머니가 싸주시는데 지금 할머니도 아프셔서 도시락을 못 싸주세요."

아이의 말에 엄마들의 소문이 다시금 내 귓속에 매달렸다. 나는 과일까지 넣어갈 3단 찬합을 준비하기로 했다.

"그래? 엄마가 혹시 직장 다니시니?"

"아뇨, 우리 엄마 아파서 도시락을 못 싸요. 아침에 만날 자고 있어서요. 엄마가 예전에 자꾸 뛰어내리라는 귀신 소리가 들려서 6층에서 뛰어내리셨는데, 지금 다리에 철심이 박혀 있어요. 그래서 걷는 거 힘들어요."

"아, 그러셨구나. 지금은 괜찮으시니?"

어디서 그런 용기가 난 걸까. 쌍둥이 엄마를 만나보고 싶었다. 나는 엄마의 번호를 큰아이에게 물었다. 그런데 이런 우연히 있을까? 카페에서 만난 쌍둥이의 엄마는 다름 아닌

학부모 총회 날 내 번호를 묻던 학부모였다. 그가 바로 쌍둥이의 엄마였다니.

대학생 때부터 이해인 수녀님처럼 시인이자 수도자가 꿈이었던 나는 황학동 시장이며 종묘 거리, 때론 종로에서 만난 사람들, 노숙자들에게 말을 걸며 그들과의 이야기를 글로 쓰던 습관이 있었다. 덕분에 나는 조현병을 앓고 있다는 사람들의 소문이 조금도 무섭지 않았다. 여대 재학 시절, 도도한 여자들 속에만 있던 나는 학교 밖을 나가 사람을 만나 이야기를 나누고 기록하는 기자의 삶이 참 즐겁고 흥미로웠다.

쌍둥이의 엄마와 마주했다. 그와 나는 분명 학부형이라는 같은 주제로 학급에 관한 대화를 하고 있었다. 그러나 일대일로 처음 마주한 내게 내 결혼반지를 껴보고 싶다며 빼달라고 했고 나와 눈 맞춤도 어려워 보였다. 아이들의 학교생활과 소풍 이야기가 10분 이상 유지가 어려울 때, 나는 그가 여느 학부형과 같지 않음을 눈치챌 수 있었다. 그리고 자신이 어려서 자폐를 앓았다는 말을 당당히 하는 모습에 나는 놀란 것이 아니라 오히려 반갑고 그의 용기를 마음으로 안아주고 싶었다.

'내게 온 수호천사가 여기 또 있었구나.'

그는 내 예상대로 장애가 있었지만, 이렇게 건강한 쌍둥이를 낳았고 학부형도 되었는가 하면, 쌍둥이가 또래보다 어른스럽게 성장하고 있었다. 그 덕분에 예준이가 쌍둥이 형제의 도움을 받고 있으니 그가 내게 온 수호천사가 아니면 뭐라 할 것인가?

나와 같은 발달장애 자녀가 있는 엄마들이라면 다들 동감할 것이다. 나 역시 예준이 덕분에 지금까지 내가 만난 신경정신과 의사만 14명, 발달센터 방문 경력 10년 이상, 정신과 논문도 몇 권 읽다 보니 서당 개 3년이면 풍월을 읊는다는 말처럼, 이제 누군가를 만나면 발달장애인 유무를 파악하는 눈치가 자연스레 생겼다.

나는 그가 반가웠다. 바로 손에서 결혼반지를 빼 껴보라고 건네주었다. 안경도 껴보라고 보여줬다. 대화를 나눌 사람이 없었는지, 그는 또래인 나와 함께 앉아 자신의 이야기를 들어주는 것만으로도 행복해하며 무척이나 고마워했다. 나도 예준이를 키우지 않았더라면 선입견으로 그를 만나려 하지 않았을지 모른다. 그러나 예준이 덕분에 자폐인과 지적장애인이 얼마나 순수한지, 그들의 세상이 얼마나 티 없이 맑은지를 알고 있기에 설령 조현병 증상이 조금 있었더라도 나는 웃으며 받아줄 여유를 자연스레 가지게 되었다.

나는 그와 친구가 되기로 마음먹었다. 때로는 커피를 마시고 싶다고 나를 찾아오는가 하면, 새벽 2시에 나에게 전화해서 "예준 엄마, 나한테 지금 당장 예준 엄마한테 전화하라는 소리가 들렸어요"라는 말로 나를 가끔 당황하게 했지만…. 건강한 아이들이 있어 나처럼 아들에게 집중하지 않아도 되는 그가 때로는 부러웠고, 대중목욕탕에서 만나면 부끄럽다고 피하는 게 아니라 반갑게 나를 안아주기까지 하는 용기가 참 순수하다 못해 나를 웃게 했다.

조현병 환자의 아이들과 어울리지 못하게 하라는 사람들의 말이 다시 떠올랐다. 그러나 생각을 달리하면 역으로 누군가 내 아들과 어울리지 말라고 하는 것과 다르지 않다. 정확히 알지 못하면서 조금 불편하고 장애가 있다는 이유로 선입견을 품을 필요는 없다. 분명 친정어머니의 손길이 그와 쌍둥이 손자들에게도 필요해 보였지만, 건강한 첫딸에 쌍둥이 형제도 낳아 가정을 꾸리고 아이를 키우며 나름의 방식으로 살아가는 그가 마냥 대단해 보였다.

때로는 우연히 마트를 찾아 아이를 위해 라면과 통조림을 사는 그의 모습을 보고 있자니 자식을 위하는 마음은 이 땅의 여느 평범한 엄마와 다르지 않았다. 아주 잠깐이지만 그를 보며 '나도 이다음에 할머니가 될 수 있을까?' 하는 꿈같은 상상을 했으니 말이다. 때론 오히려 시기와 질투로 장애 부모들 사이에 털어놓지 못하는 말을 그에게 푸념도 하는 나 스스로가 신기하기도 했다. 남의 말을 옮기지 않고 자신의 기쁨에 충실하며 작은 것에 행복을 느끼는, 마냥 소녀 같은 표정이 참 너그러웠기 때문일지도 모르겠다.

예준이는 여전히 미술에 놀라울 정도의 집중력을 보였다. 그러면서도 한편으로는 이것이 약물치료를 끊고 다시 나타나는 시각추구인데, 자칫 내가 어리석게 시각추구인 자폐행동을 강화하고 있는 것은 아닌가 싶어 정신과 원장님을 다시금 찾아갔다.

"저는 소아정신과 의사다 보니 예술의 미학이라는 것은 잘 모릅니다. 그러나 예술가들이 예준이의 그림을 미학적으로 아름답다고 한다면 그냥 두시는 게 어떨까요? 예준이는 더는 약물치료가 필요 없으니 상담은 당분간 오시지 않아도 될 것 같습니다."

오랜만에 찾은 의사 선생님의 말씀에 더 용기를 내서 당당히 말했다.

"아니요, 저희 아들이 약물이야 끊었지만, 원장님을 1년에 봄, 가을로 두 번은 찾아뵈려고요. 약물치료 없이 장애 아이를 키우는 저 자신도 학기별로 점검받고요. 이제는 제 멘토가 되어주세요. 아이의 약물치료 반응과 생활의 어려움에 대한 호소로 상담하는 엄마들이 많겠지만, 저는 기쁜 소식만 들고 오는 '최초의 엄마'가 될 테니, 원장님, 저를 지켜봐주시고 제 아들의 이름을 기억해주세요."

내 목소리에 놀란 원장님은 엷은 미소를 보내셨다. 나는 내 말에 책임을 지고 싶었다. 그날 이후, 전국 미술 공모전을 혼자 연구하기 시작했다.

사람은 미쳐야 어딘가에 미칠 수 있다

누군가의 위로가 필요할 때, 나는 나를 위로하기로 했다

내가 나에게 물었다. '왜 공모전에 집중하기 시작했어?'

내가 나에게 답했다. '아들을 건강하게 낳아주지 못한 미안함 때문인지, 늘 미래에 대한 불안이 있었어. 무엇보다 아들의 재능을 찾아주고 싶었어. 약물치료 없이도 보란 듯이 잘 키울 수 있다는 세상을 향한 엄마로서의 도전과 승부, 그런 거였지. 이제 30~40대의 젊은 장윤경은 사라졌지만, 후회는 없어. 그땐 그 재미라도 없으면 하루하루 살아내기 힘들었거든. 나는 뭔가 하나를 깊게 파면 뭐라도 나온다는 걸 믿었어. 장윤경은 그런 걸 좋아하니까. 뭐가 되었든 미친 듯이 빠져보고 그렇게 해보고 싶었지. 이건 내가 아들에게 배운 거야. 어느 정도는 말이야, 사람은 미쳐야 어딘가에 미칠 수 있다? 안 그래, 예준 엄마? 나는 다시 30~40대로 돌아가도, 예준이 엄마로 공모전에 미쳐서 살 거야. 그리고 다시 태어나도 예준이 엄마가 되려면, 지금의 예준이 아빠를 다시 만나야겠지?'

나는 나를 이렇게 안아주기로 했다. '괜찮아. 넌 잘해왔고 지금도 잘하고 있어.' 내 손은 소리 없이 흐르는 눈물을 훔치면서도 나를 위한 엷은 미소가 입가에 번졌다. 마음은 어느 때보다 행복했다.

2019년 어린이날. 나는 예준이와 어린이날 기념, 자연사박물관 사생대회에 참가했다. 그림대회는 핑계였고, 그저 내가 아이와 어린이날 어디든 가서 추억을 만들어줘야 할 것 같은 극성 엄마였기 때문이다. 나는 새벽에 일어나 3단 도시락에 돗자리, 접이식 간이 책상까지 한 짐 챙겨 피난이라도 떠날 듯 대회장으로 향했다.

대회 주제는 박물관 내에서 관람 후 자신이 인상 깊게 본 것을 그리는 것이었다. 예준이는 난생처음 미술대회에 참가했고, 김밥을 먹어가며 박물관 복도에 있는 고래 조형물을 열심히 그렸다. 그 모습을 보고서야 깨달았다. 외부라는 낯선 곳에서도 미술만큼은 집중력이 생기는구나. 이게 가능하구나. 그러나 환경그림대회, 박물관그림대회는 어느 정도 전

략도 필요하구나. 아쉽게도 예준이는 첫 대회 수상자 명단에 없었다.

나는 생각 끝에 미술대회 사무국에 전화를 걸어 대회 참가자의 낙선 그림이 반환 가능한지 문의했다. 그때 마침 예준이가 등수 외 아차상 명단에 있다는 것을 알게 되면서, 박물관 4층 로비에 아차상 6명의 작품도 1년간 전시해준다는 말을 들었다. 그 덕분에 처음으로 예준이의 작품이 1년간 공공기관에 전시되었다.

그날을 시작으로 아들은 매달 한두 번은 자신의 작품 안부를 확인하러 박물관을 찾았다. 누가 보면 대상 수상자인가 싶을 만큼, 예준이는 박물관에 오자마자 4층으로 달려가 작품 앞에서 인증 사진을 찍는 재미에 빠지기 시작했다. 그때 알았다. 수상보다 중요한 건 아이의 자신감과 자존감 키워주기라는 것을. 그리고 나는 아들의 가능성을 보았다.

아들의 자신감 넘치는 그 표정을 내가 보고 싶었던 걸까? 그 이후부터 본격적으로 공모전에 도전해보고 싶어 미술학원도 다시금 기웃대고 방문미술도 신청했다. 그러나 학원 단체 미술 공모전에서 아들은 무조건 제외되는 차별을 경험했다. '아, 학원 미술 세계의 벽이 이렇게 높은 건가?'라고 절망하는 순간, 내게 용기를 선물한 이가 있었다.

“예준 언니, 뭐가 그렇게 심각하세요? 제가 이래 봬도 산업 디자인 전공잔데, 꿀팁 하나 알려드려요? 혼자서도 미술 공모전 도전 가능해요.”

“정말? 그런 앱이 있어?”

예준이와 같은 발달센터를 다니는 한 엄마에게 미술대회 낙선 넋두리를 하자, 고맙게도 정보를 건네는 게 아닌가.

그날을 시작으로 나는 밤마다 나만의 방식으로 모든 전국 공모전 사이트를 비교·분석하기 시작했다. 미대 출신도 아닌 데다, 공모전 요령을 지도해줄 스승도 없었기에 하루에 2시간은 기본이요, 아이가 잠든 시간부터 새벽 2시가 훌쩍 넘도록 컴퓨터로 기사를 검색하는 일이 매일 밤 일상이 되었다. ‘그래, 내가 전공한 현대시문학도 ‘예술’ 분야이니까, 뭔가 미술대회 공모전이라는 것도 문학과 교집합 같은 것이 있지 않을까?’ 희망적인 생각에 대회별 날짜와 성격, 상의 훈격까지 분석해서 매일 리스트를 만들고 공모전 전용 체크 달력도 엄마표로 만들었다. 그러나 그 중심엔 항상 아들의 즐거움이 먼저였다. 대회의 수상이 목적이 아니라 평소 그린 것들이 얼마나 귀한 보물인지 세상에 평가받고 보여주고 싶었다.

미술 공모전은 원본 심사를 위한 제출 과정도 만만치 않았다. 원본 그림을 손상 없도록 납작하게 포장한 뒤 테이프를 자르고 상자에 붙이는 과정에서 예준이의 소근육도 발달했다. 등기우편을 결제하는 과정까지 아들과 함께했는데, 우체국을 찾은 풍경 속에서 아들과 대화하는 시간이 많아졌다. 이런 일상이 반복되자 작품 상자 포장 요령까지 알려주시며 우리 모자를 응원하시는 동네 우체국장님도 알게 됐다.

내 손은 늘 공모전에 보낼 그림을 포장하다 칼에 베이거나 찢겨 있었지만, 우체국에서 아들과 함께 대기표를 뽑는 그 순간이 너무도 행복했다. 내 아들의 정성이 세상을 향해 날개를 다는 순간이었고, 때로는 내가 펜팔 편지를 보내기 위해 우체통 앞을 서성이던 열아홉 살이 된 것만 같았기 때문이다. 그래서일까. 대회 수상자 발표 날이면 로또 당첨을 기다리는 사람처럼 설레었다. 수상자 명단에 장려상 혹은 특선이라도 발표된 날이면 그렇게 행복할 수가 없었다. 때로는 낙선된 그림을 찾으러 아들과 지하철을 타고 여행 아닌 여행을 가는 날도 그 자체로 좋았다.

나는 지금도 내게 70여 개의 공모전 수상 비결과 앞으로의 계획에 대해 질문하는 이들에게 이렇게 답한다.

1. 욕심을 비우고 아이가 미술을 즐기고 있는지 관찰하자.

2. 부모가 개입하지 말고, 완성도는 중요하지 않으니 기록을 저장하자.
3. 부모의 욕심으로 아이를 이끌고 있지 않은지 자신에게 질문하라.

누군가에게는 아직 성인도 되지 않은 아들에 대한 내 경험담이 자칫 자랑으로 보일 수 있을지 모르겠다. 그러나 나는 진심을 눌러 담아 말한다. 나와 예준이는 대회에 크게 기대한 것이 없었고 수상 결과보다 그저 약물치료 없이 살 수 있다는 희망의 씨앗을 발견했기에 그 과정만을 철저히 즐겼다고.

생각해보라. 발달장애가 있는 아이가 미술대회에서 수상을 좀 못 하면 어떠한가. 아들의 상동행동이 미술로 연결되니 이미 그걸로 충분했다. 나 또한 아이와 함께 집중하고 놀아줄 그 무엇이 필요했을 뿐이다. 인생 계획 속에 자식 농사라는 것이 내 계획대로 되지 않았다 해서, 내 안에 채워지지 않는 마음의 결핍을 아들의 공모전 수상으로 채우려 했던 것은 결코 아니다. 미술대회 수상이 목적이고 중요했다면 그건 내 안에 채워지지 않은 결핍이 불러온 욕심일 것이요, 그 끝은 화를 불러왔을 것이다.

"엄마, 나 이제 그림 안 그릴 거야. 미술이 싫어졌어요!"

사춘기를 보내는 지금의 아들이 혹시라도 이런 말로 나를 당황하게 하는 날이 온다 해도, 나는 대답해줄 준비가 되어 있다.

"이제 다른 것도 해보고 싶은 거야? 그래, 너 하고 싶은 거 해봐!"

명심하자. 철저히 아이의 인생이다. 나는 멀리 볼 것도 없었다. 비장애인인 나부터도 부모님의 기대치만큼 자라주지 못했는데, 장애가 있는 내 아들이 치료 목적으로 시작한 엄마표 미술놀이에 부모에게 행복 그 이상을 선물해주었으니 그 너머를 내가 바란다면 도둑 심보가 아니고 무엇이란 말인가.

그랬다. 행복은 멀리 있지 않고 내 마음 안에 있었다. 생각해보면 우리가 살면서 타인에게 받는 상처는 그리 많지 않다. 무섭게도 바로 '가족'이라는 이름표를 달고 늘 곁에 있는 사람들이 내 자신감과 자존감에 상처를 준다. 자녀, 부부, 부모님이란 사람들이 때론 누군가와 비교하면서 말이다. 그래서 그 생채기는 더 깊고 힘들다.

왜일까? 생각해보면 나 자신과 동일시하며 상대에게 '너에게 기대합니다'라는 말로 압박을 준다. 또한 자신의 예상 답안과 결과물이 일치하지 않을 때 '너에게 실망했다'라는 말과 행동으로 가족에게 상처를 준다. 내가 아들을 통해 배운 건 '기대 비움'이었다. 어떤 것도 기대하지 말라. 내 아이는 내 것이 아닌 하늘이 잠시 내게 맡겨둔 하늘의 자녀이다. 내 아들뿐 아니라, 아들의 오래된 버전이자 영원한 내 편일 줄 알고 결혼한 남편도 내 예상대로 움직여주지 않는, 그야말로 '남의 편'이다. 이 또한 내가 우리 집 남자들과 15년 동거 끝에 깨달은 지혜다. 결국, 내 마음과 몸이 스스로 바뀌고 움직이자 내가 편해졌다.

나는 예준이와 함께 미술 세계에 빠지면서 그림을 그리고 수상자 발표 날을 기다렸다. 이 모든 과정을 즐거운 놀이요, 엄마표 치료로 받아들이는 것이 나는 그 어떤 것보다 중요했다. 예준이의 상동행동이 미술 안에서 예술로 바뀌는 순간이 매일 이어졌다. 더는 손 흔들림이 무의미한 상동행동이 아닌, 나와 아들 모두를 행복하게 하는 손길이 되었다. 약물치료나 미술대회 수상 결과보다 더한 보물이 된 것이다. '그래 바로 이거야! 유레카!'

첫사랑의 콩깍지가
조금은 벗겨지는 그 순간

매일 밤 나는 아들이 잠든 사이
조용히 여행을 떠났다

전국 미술 공모전 검색이라는 야간여행은 한 달에 최소 세 곳을 도전해야 나를 잠들게 하는 설렘 그 자체였다. 공모전이라는 세계에서 밤마다 홀로 신나게 헤엄치던 어느 날, 미술대회별 상장 속에 담긴 의미가 궁금해졌다. 나는 하던 수영을 멈춘 채 그 의미를 비교·분석하기 시작했다.

나만 느끼는 것은 아닐 것이다. 모름지기 '상'이라 이름 붙은 것은 그것이 '밥상'이라 해도 남이 차려주는 것이 더 맛날 것이요, 마냥 행복하고 감사한 일이다. 하지만 미술대회 상패라 해서 모든 상이 다 권위가 있고 국가가 인정해주는 것이 아님을 알아채버렸다. 이건 마치 첫사랑의 콩깍지가 조금은 벗겨지는 순간이랄까?

'어라? 이제 보인다, 보여!'

미술대회 출품비를 요구하고 상업적으로 상패를 찍어내듯 남발하는 곳이 있는가 하면, 수상자에게 전시비와 액자비를 요구하는 곳, 시도 단위 대회라 추후 지역장학금 도전이 가능한 곳, 장애인만 참여하고 작품은 돌려주지 않는 곳, 공모 기관 직인이 있는 곳, 그해 기관이 발행하는 일련번호가 있는 곳 등으로 분류하자, 신기하게도 나만의 공모전 지도가 눈에 들어왔다. 그야말로 보물 지도를 스스로 손에 넣은 것 같은 쾌감이 있었다.

"공모전 도전도 선별이 필요한 걸까요?"

초등학생 부모님들이 가끔 내게 이런 질문을 하곤 한다. 우선 대답부터 하자면 '네, 그래요'다. 공모전만 200회 이상 도전해본 내 경험상, 소위 공모전에도 '궁합'이 있었다. 한 공모전이 요구하는 특징이 내 자녀의 작품과도 맞아떨어져야 하는 것이다. 예를 들면, 어느 대회에서는 낙선했던 작품이 타 대회에서 대상을 받은 일도 있었다. 그러나 내가 많은 공모전을 도전하며 깊이 깨달은 한 가지는 여전히 같다. 작품, 그 시작의 마음가짐이 주객이 전도되어 오로지 대회 수상만을 목적으로 하지 않았고 그 과정을 철저히 아들과 즐기려 했던 초심의 자세다.

나는 지금도 믿고 있다. 어떤 일이든 자신만의 믿음으로 눈치 보지 않고 그 길을 묵묵히 가다 보면, 누구도 흉내 낼 수 없는 그 작가만의 고유하고 특별한 화풍이란 것이 찾아와 있을 거라고. '상복'에 집착하지 않아도 저절로 세상이 그의 작품을 알아보고 '상'을 내리는 곳이 있을 거라고. 절대적으로 '상'을 쫓으려는 순간, 그 행운은 내게 달려오지 않는다. 설령 상복이란 것이 좀 없으면 또 어떠한가? 우리 장애 아이들은 절대 돈과 명예를 좇지 않고, 일반 미술학원에서 배우는 비슷하고 뻔한 그림을 그리지 않는다. 오로지 자신의 감정에 충실해 순수하게 그 감정을 오롯이 표현할 줄 아는, 그야말로 살아 있는 피터 팬이요, 철학가들이다.

내가 반백 살쯤 살아보니 인간은 이기적일 때 가장 행복하다. 그러나 대부분의 사람은 타인의 시선에 자신의 감정을 숨기느라 오늘의 나를 사랑할 여유도 쉼도 없다. 그들은 오늘의 행복을 조용히 타인을 향해 내려놓는다. 오히려 자신의 감정을 타인의 시선 따위에 상관없이 최선을 다해 표현할 줄 아는 발달장애인이야말로 어찌 보면 행복을 제대로 즐길 줄 아는 멋진 사람임에 틀림없다. 이런 것이야말로 우리가 그들에게 한 수 배워야 할 자세가 아닐까?

나는 지금도 특히 아이를 키우며 공모전을 고민하는 어머님들께 힘주어 말한다. '시작이 반'이라는 말처럼, 설령 출품료를 내고 상을 많이 남발하는 곳이라 하더라도 첫 도전만큼은 묻지도 따지지도 말고 도전하라고. 아이에게 첫 대회 수상이라는 작은 울림이 자존감과 자신감을 키우는 첫걸음이 될 수 있고, 권위 있는 대회 도전은 그 이후가 되어도 늦지 않기 때문이다.

"여보! 어머, 어머머! 우리 아들이 대상이래!"

자동차 뒷좌석에 앉은 나는 스마트폰을 바라보며 소리쳤다. 어느 날, 제1회 근로자미술제 어린이 부문 수상자 명단에 아들 이름이 떡하니 '대상'에 올라가 있는 게 아닌가? 나는 믿기지 않아 안경을 끼고 다시 보았다. 내 새끼 이름, 양예준이 맞았다. 그 순간 누가 보면 마치 복권 1등이라도 당첨된 것처럼 혼자 키득거리고 행복한 비명을 지르고 있었다. 평소 말이 없는 남편도 운전대를 잡은 백미러 속으로 미소를 보이던 그 순간, 하늘의 천사가 우리 집에 오셨구나 싶어 나도 모르게 감사기도를 올렸다.

그렇게 하늘은 우리 가족에게 대상이라는 큰 선물을 주셨다. 내가 받은 것 그 이상의 가슴 벅찬 감동이었다. 그렇게 받은 첫 대상 덕분에 난생처음 아들과 시상식 단상에 올라 수상 소감을 발표하는 기회를 얻었다. 그런가 하면, 서울역 로비에 작품 전시까지 이어지자 이 소식을 들은 학급 친구들 사이에서 예준이는 장애인이 아닌 미술을 잘하는 특별한 아이가 되었다. 이날을 계기로 대학부설 장애청소년 미술교육원도 처음으로 도전했고 최연소자로 합격하는 기적도 이어졌다.

그해, 2학년의 봄은 평온하고 고요했다. 그러나 그 고요함이 폭풍전야의 서막임을 그때는 몰랐다. 나의 행복과 고요함을 누가 질투라도 하나 싶을 만큼 그 짧은 행복도 잠시. 2학년 담임선생님이 사라졌다! 나는 담임의 부재 소식에 1학년 때 11명의 강사로 반이 운영되었던 트라우마가 떠올랐지만, 다행히 뒤따라온 것은 1학년 때 경험을 통해 배운 유연한 마음의 자세였다. 안 좋은 기억이 꼭 나쁜 것만 남기는 게 아니라 스스로 극복하는 방법도 주고 간다는 걸 깨닫는 순간이었다.

다행히 담임선생님의 다리 깁스 치료로 인해, 두 달간 임시 담임제로 운영된다는 학교 가정통신문을 정식으로 받고 나서야 편안함이 마음에 찾아왔다. 정년 퇴임을 앞두셨다는 임시 담임선생님은 감사하게도 매주 금요일마다 전화로 아들의 학교생활을 주말 연속극처럼 들려주셨다. 그래서인가.

때론 그 전화가 몹시 기다려졌지만, 어떤 날은 내 만수무강을 위해 차라리 몰라도 될 반전의 이야기가 들리기도 했다. 그런 날이면 갑자기 우리 가족 저녁 메뉴가 외식에서 남은 찬밥을 이용한 볶음밥으로 변신하기도 했다.

"엄마가 해주신 김치볶음밥 맛있어요. 엄마, 내가 앞으로는 학교 가서 친구가 놀리면 담임선생님께 말할 거고 또 혼잣말 안 하려고 노력할 거예요."

김치볶음밥에 화풀이 중인 나를 올려다보는 작은 키의 아들이 내 눈치를 살폈다.

"예준아, 엄마 눈 봐봐! 우리 아들, 학교 다니는 거 힘들지 않아? 아냐, 지금도 너무 잘하고 있어. 그리고 친구들이 놀리는 거 선생님께 전한 건 잘한 거야. 우리 예준이 많이 속상했겠다. 또 그런 일이 생기면 그 자리에서 친구들에게 기분 나쁘다고 하지 말라고 말해보기다. 약속!"

나는 그날 저녁 김치볶음밥을 맛있게 먹던 아들의 미소를 지금도 잊을 수 없다. 행복은 멀리 있는 것이 아니라 내 마음 안에 있었다.

나는 알고 싶었다,
아니, 알게 하고 싶었다

"예준이 어머님, 저 2학년 2반 임시 담임입니다. 제가 근무하는 동안 예준이를 좀 더 알아가고 싶은데요. 깊은 대화까지는 어렵더라도, 저한테 어제 있었던 일 짧게 한두 가지 정도 기억해서 아침에 전달하게 하면 어떨까요? 그리고 제 안부도 물어보는 식으로 짧은 대화라는 걸 좀 해보면 좋겠어요. 예준이가 저에게 아침에 인사하고 자리에 앉으면 개인적인 도움이 필요할 때 빼고는 목소리를 통 들을 수 없더라고요. 저한테 궁금한 것도 있을 텐데 좀처럼 질문도 없고요."

전화기 너머로 들리는 임시 담임의 제안은 너무도 놀라웠다. 매 학기 초, 장애 학생 개별화 회의 때마다 담임선생님께 간절히 관심 지도를 부탁드려도 비장애 아이들도 초등 저학년이면 한참 손이 많이 가는 시기라 어려움이 있다고 말씀하셨다. 상황이 이렇다 보니, 솔직히 교실에서 사고만 안 치면 담임교사의 무관심 속에 조용히 구석에 앉아 잊힐 수밖에 없는 게 장애 아동 대부분의 현주소다. 심지어 실무사나 공익 요원이 교실 옆자리에 함께 앉아 수업 지원이라도 받는다면, 대다수 담임교사는 수업 시간 내내 시선도 주지 않는 경우가 허다하다. 내 아들도 그런 아이 중 하나였다. 어디 그뿐인가? 상대방에게 자기가 필요할 때만 말을 걸고 상대방의 안부는 궁금하지 않은 게 자폐인의 특징이다 보니, 예준이도 학교에서 예외가 아니었음을 통화로 짐작하게 했다. 그런데 임시 담임교사가 이런 멋진 제안을 해오다니 놀라울 따름이었다.

"너무 감사해요, 선생님. 저도 집에서 예준이와 함께 노력하겠습니다."

그날 이후로 나와 예준이는 임시 담임께 전할 아침 대화 레시피를 준비하기 시작했다. 이 준비 덕분에 아들은 때론 우리 부부가 주고받은 농담부터 소소한 말다툼 관찰 내용까지 예상에도 없던 내용을 전달해 나를 놀라게 했다. 그런가 하면, 어떤 날은 임시 담임께서 "예준아, 오늘 아침은 선생님이 바빠서 대화는 내일 하면 안 될까?" 하고 말해도 꼭 아침 대화를 해야만 자리에 앉거나, "선생님은 오늘 아침에 뭐 드셨어요?"라는 똑같은 질문만 반복한다는 말씀에 당황스럽기도 했다. 그래도 아침마다 열심히 미션 수행을 하고 있었을 아들 생각에 미소가 번졌다.

매일 아침 임시 담임과 대화가 반복되자 예준이는 조금씩 집에서도 대화가 늘고, 친구들에게 말을 거는 자신감도 보였다. 교사의 작은 관심과 배려만 있다면 충분히 교내에서도 장애 학생에게 언어치료가 가능하다는 걸 온몸으로 느끼는 기적의 순간이었다.

시간은 빠르게 흘러 어느덧 두 달이 지났다. 자폐성 장애 아이들에게 반복 루틴이 무서운 힘을 가지고 있다는 것은 발달장애 아이를 키워본 부모들에게 두말하면 입이 아플 것이다. 담임선생님이 회복하신 뒤 돌아오자, 예준이에게 두 달간 계속되고 있는 아침 대화 소식을 들으시곤 흔쾌히 이어달리기로 받아주셨다. 놀랍게도 이 아침 대화는 예준이가 6학년 졸업 무렵까지 학년별 담임선생님들과도 계속되었다. 지금도 도움반 엄마들 사이에선 전설처럼 회자되고 있다.

초등 고학년 담임 중에는 아침 대화를 조심스레 부탁드렸으나 귀찮아하시는 분들도 종종 계셨다. "어어, 그래, 예준아. 알겠고, 이제 그만하고 예준이 자리에 들어가 앉아 책 봐." 이런 대화 소식을 아들이 들고 오는 날이면 서운함도 함께 따라왔다. 그러나 생각을 달리해보면 세상의 모든 사람이 예준이와 아침 대화를 매일 해줄 수는 없었다. 이를 계기로 아침 대화에 실패하고 불안해하는 날은 아들을 설득해 눈치와 융통성을 가르치는 좋은 기회로 삼기로 했다.

"괜찮아, 예준아. 선생님이 오늘 바쁘셨나 봐. 선생님이 바빠 보이시는 날은 아침 인사만 하고 네 자리에 앉는 거야. 그리고 꼭 전하고 싶은 게 있는데 바쁘시다고 한 날은 네 얘길 선생님께 편지로 쓰고 그림도 그리면 어떨까? 우리 아들은 글씨도 그림도 너무 예쁘니까. 어때?"

다행히 예준이는 순순히 받아들였다. 그렇게 생각을 바꾸니 오히려 때로는 거절하는 선생님들도 감사했다. 그러나 꼭 그렇게 하교한 날은 언어치료사에게 못다 한 얘길 표현하거나 집에 돌아와 오랜 시간 그림을 색칠하며 스스로 강박을 이겨내고 불안을 조절하려는 아들이 눈에 들어왔다. 나는 그때마다 집의 어느 공간이든 아이의 시선이 머물 수 있는 곳에 습작품을 전시한 뒤 사진으로 그날을 기념하고 아들을 칭찬했다.

그랬다. 지금 다시 생각해도 임시 담임선생님을 시작으로 초등학교 졸업 때까지 계속되었던 담임선생님과의 아침 대화는 많은 후배 부모들에게 진심으로 추천하고 싶은 나만의 기적 체험담이요, 감사한 추억이 되었다. 지금은 중학생이 되어 조회, 종례 시간에만 짧게 만나는 담임선생님과의 대화가 아쉽게도 줄었지만, 지금도 이때의 힘으로 예준이는 학교에서 있었던 일과를 내게 시간대별로 기억해 매일 1시간 정도 나와 대화하는 습관이 자리 잡혀 있다. 그리고 그 시간만큼은 오롯이 아들과 눈을 맞추고 오늘을 기록한다. 어쩌면 이 또한 나 스스로 자폐인을 닮아버린 지독한 강박증일지 모른다.

그러나 나는 알고 싶었다. 아니, 알게 하고 싶었다. 내 아들이 오늘 '누가, 언제, 어디서, 무엇을, 어떻게, 왜' 했는지를. 이 간단한 육하원칙이라는 것은 단지 글쓰기에만 적용되는 것이 아니다. 타인과 소통의 중요성을 넘어 내 아들이 발달 장애가 있기에 앞으로 자신의 주어진 상황을 반드시 기억하고 누군가에게 도움을 요청하는 힘을 길러야만 한다. 언제고 내가 없는 세상 속에서 자신의 삶을 스스로 보호하고 지켜내기 위해서는 사실을 기억하고 타인에게 전달하는 힘이 얼마나 중요한지를 나는 알고 있기 때문이다. 자칫 이것이 '강박'이라는 자폐 성향을 키울 수 있음을 알면서도, 먼 미래에 있을 아들과의 뜨거운 이별을 위해 오늘도 나는 아들과의 대화를 멈출 수 없다.

이제 중학생인 아들은 교내에서 자신을 괴롭히는 아이를 만났거나 곤경에 처했을 때, 혹은 미술대회 상을 받아 자랑하고 싶은 일이 생겼을 때, 모든 교과 선생님을 비롯해 담임선생님이나 같은 반 친구에게 망설임 없이 달려가 짧게라도 상황을 설명한다. 또한 먼저 담임선생님께 아침 조회 시간에 수상 소식을 전하는 용기 역시 하루아침에 만들어진 것이 아니다. 바로 6년이라는 아침 대화 시간이 빚어낸 기적이요, 하늘이 주신 선물이었다.

여름방학을 코앞에 둔 어느 날, 예준이가 말했다. "엄마, 우리 반 쌍둥이가 '너 받아쓰기 몇 점이야?' 하고 물어봐. 나도 100점 맞고 싶어요." 그 한마디 덕분에 일주일 내내 받아쓰기 연습을 함께 달리고 등교시킨 날은 괜히 아들의 받아쓰기 점수를 기다리는 교문 앞 내 모습에 피식 웃음이 새 나왔다. 수학 문제집 풀기는 어려워했지만, 아날로그 시계를 읽어내는 모습만으로도 기특해 감사가 흘러넘쳤다.

1년 유예 후 초등학교 입학을 준비하던 당시, 화장실 변기에 앉아 멜로디북으로 외우던 구구단, 나와 생활 속에서 매일 써 내려간 일기는 초등 2학년이 되자 빛을 보는 듯했다. 글씨체만큼은 또래 아이들보다 우수했고 맞춤법도 제법 정교해 많은 이를 놀라게 했다.

예준이는 어떤 이야기를 보거나 들으면 한 번에 스캔하듯 외우는 고기능 장애가 아니었기에 중학생이 된 지금도 나와 암기과목 시험은 많은 시간을 노력해야 한다. 막상 중학교 공부는 노력해도 발달장애라는 벽 앞에 일정 한계를 느낄 때가 많다. 그러나 나는 지금도 전 과목을 아들과 함께 매일 예습하고 시험 때면 함께 공부한다. 이런 나를 보는 주변에서는 내게 시험공부를 힘겹게 시키지 말라고, 의미 없다고 말리는 부모들도 있다. 어쩌면 다른 부모들 말대로 발달장애 아들에게 중등교과 시험공부가 더는 의미 없을지 모른다.

그러나 내 생각은 좀 다르다. 우리가 학창 시절 과목별 성적도 중요하게 여겼지만, 그보다 밤새 노력하며 공부했던 엉덩이의 힘을 더 추억하는 것처럼, 장애가 있는 아들에게 시험의 결과보다 중요한 것은 엄마와 함께 노력했던 기억과 그 땀의 가치, 그리고 그날 받은 시험지와 답안지의 잉크 냄새, 시험 시간의 고요함 속에 정직한 마음의 자세를 배우게 하고 싶었다. 나는 단지 그거면 된다. 예준이가 그 힘만을 소중히 기억하고 마음에 간직해도 이다음에 내가 없는 세상에서 그 어떤 어려움이 와도 반드시 인내하고 이겨내리라 나는 믿고 있다.

‘그래, 힘들더라도 완전통합수업에 도전하길 잘했지. 앞으로 더 힘들고 어려워져 더는 학교 수업을 못 따라가는 날이 오겠지만, 그래도 괜찮아. 인생 뭐 있어! 행복이 뭐 별거냐고. 안 그래? 받아쓰기 시험 점수가 뭐 그리 중요해. 나 예준이 엄마는 지금도 잘해왔고 앞으로 우리 아들은 더 잘될 거야!’

나를 위로하면서 잠시 흐르는 눈물도, 입가에 번진 미소도 유난히 따뜻했던 그날의 오후를 나는 지금도 기억하고 있다.

"엄마,
나 장애인이야?"

그래서 이제,
나부터 솔직해지기로 했다

하굣길, 내 손을 잡은 아들은 울먹이는 소리로 말했다.

"엄마, 우리 반 내 짝꿍이랑 옆에 있던 애가 '얼레리꼴레리 양예준은 바보 장애인이라 도움반 간대요, 도움반 간대요'라고 했어요. 엄마, 나 장애인이야?"

"뭐? 누구야! 누가 그런 소릴 해?"

"엄마, 나 국어 받아쓰기 80점 받았어요. 근데…."

"어, 그래? 잘했고, 응, 알았어. 일단 예준이 앉아서 그림 그리고 있을래?"

아들의 말에 너무 놀란 나머지, 온종일 기다리며 궁금해했던 아들의 받아쓰기 점수를 듣고도 영혼 없는 칭찬이 입에 매달렸다. 그저 우리 부부가 완전통합수업 시에 생길지 모를 모의고사 예상문제가 적중해 현실이 됐구나 싶어, 심장이 내려앉을 뿐이었다. 그 순간 담임선생님이 퇴근하시기 전, 이 문제를 빨리 의논드려야겠다는 생각에 학교 번호를 찾는 내 손이 떨리고 있었다.

그랬다. 나는 항상 예준이가 학급 친구들 사이에 부족하지만 조금씩 스며들길 바랐다. 그러나 분명 자폐성 장애의 특성은 쉽게 감춰지는 것이 아님을 알기에, 방과후수업만큼은 장애 친구들과 함께 도움반에 참여시키고 있었다.

"아니야, 예준아! 너희 반 네 짝꿍이랑 친구들이 그런 말을 해? 우리 예준이 속상했겠네. 엄마가 그 애들 혼내줘야겠어!"

담임과 서둘러 통화를 마무리하고 나서야 아들을 위로하듯 멘탈을 붙잡았지만, 초등 2학년 아들의 질문에 시선을 회피하듯 서둘러 말하던 내 목소리는 비겁함 그 자체였다.

그러나 지금은 중학생이 된 아들에게 이렇게 말한다.

"예준아, 그래 너 장애인 맞아. 네가 아무리 노력해도 중학교 수학 시간은 어렵다고 엄마한테 말했던 거 기억나? 그건 예준이가 친구들과 달리 생각하고 말하는 주머니가 조금 작게 태어났기 때문이야. 그런데 예준아, 네가 조금 다르게 태어났다고 해서 친구들보다 이해하는 속도가 느리고 불편할 뿐이지, 장애는 결코 부끄러운 게 아니야. 너도 노력하면 친구들보다 더 잘할 수 있는 게 있어. 생각해봐. 엄마는 너처럼 색연필 그림을 잘 그리는 아이는 지금껏 못 봤어. 너는 그만큼 특별해! 그 누구도 너처럼 색연필을 멋지게 칠할 수 없어. 친구들도 네 그림을 보며 다들 놀라잖아. 안 그래?”

이렇게 말해주면서도 엄마라는 사람이 대놓고 상처를 주는 것은 아닌가 몹시 두려웠다. 때론 남편과 친정엄마와도 의견 충돌이 있었다.

어느 날, 내 아들을 비롯해 장애 친구들을 저만치 두고 관찰자 시점으로 바라보았다. 자신이 친구들과 어울리기 위해 아무리 노력해도 그들처럼 유창한 말이나 어울림이 어렵고, 학교 수업도 도무지 이해가 어렵다. 그때마다 친구들과 자신이 왜 다른지 그 이유도 알지 못한 채 찾아오는 불안한 감정을 그저 상동행동, 혹은 약물치료로 잠재우며 평생을 사는 것이 장애인 당사자의 관점에서 더 괴롭지 않을까 싶었다. 냉정히 보면 인간 양예준의 삶이요, 내 삶이 아니다. 아들의 먼 미래를 생각했을 때 내가 엄마요, 보호자라는 이름으로 ‘발달장애’라는 단어를 쉬쉬하고 금기어처럼 감추는 것이 과연 옳은 것일까? 나는 이 질문을 수도 없이 나를 향해 던 졌다.

아들이 말했다.

"엄마, 나 장애인 안 하고 싶은데, 내가 노력하니까 이제 괜찮아질 거야. 내가 마음 화가니까 나도 잘하는 거 있어요. 앞으로 목소리도 크게 하고 길게 똑바로 말할 거예요."

내 설명에 예준이는 유창하게 대답하지 못할 뿐, 아들 내면의 '자아'는 분명 다 듣고 느끼고 있을 것이다. 그리고 이제는 아들도 청소년 나이가 되었기에 나도 조심스레 용기를 낼 수 있었는지 모른다.

엄마인 내가 설명하면서도 마음이 찢어질 듯 아프지만, 그 누구보다 발달장애를 스스로 온전히 받아들이고 자신 앞에 곧 다가올, 성인기 삶의 정체성과 행복을 찾도록 돕는 것이 하늘이 내게 주신 진짜 사명이 아닐까? 내 아들이 지금 고령, 혹은 시한부 인생을 앞둔 사람이 아니기에 아들도 자신의 삶이 비장애인과 조금은 다름을 서서히 알 권리도 분명 있다는 것을 나는 기도 중에 알게 됐다. 성인기가 되어서 뒤늦게 설명해주기보다 사춘기인 지금이 자칫 위험할 수 있으나 생각의 차이일 뿐 오히려 적기라 생각했다. 그래서 나는 아들에게 "예준아, 너는 비록 장애가 있지만, 너도 이 땅에 사랑받기 위해 태어난 사람이야"라고 말하며 꼭 안아준다.

내 주변 발달장애 아이의 한 엄마는 내게 놀란 목소리로 말한다.

“예준 언니, 예준이 더 상처받으면 어쩌려고 뭐하러 장애며 복지카드 얘길 아이한테 말해요? 그리고 저는 지금도 일반학원 등록할 때 절대 말 안 해요. 제 아이에게 장애가 있다고 강사한테 솔직히 말해봐야, 오히려 선입견 품고 볼 게 뻔해서요.”

나는 이제 이런 말에 반기를 든다. 우리 사회가 ‘발달장애’를 금기어로 숨겨왔고 드러내지 않았기에, 대부분의 사람이 이 용어부터가 낯설다. 그들이 선입견을 품는 건 당연한 이치인지도 모르겠다. 나도 내 아들을 만나기 전엔 영화나 드라마 속 주인공으로 본 것이 전부라 해도 과언이 아니었기 때문이다.

‘발달장애’라는 이름이 자랑의 단어는 아니지만 그렇다고 부끄러운 단어도 아니며 금기어는 더더욱 아니다. 틀린 것이 아니라 조금 다를 뿐이다. 이 다름의 특징을 장애 아이를 키우는 부모들부터 용기를 내 세상 밖으로 드러내야만 발달장애인들이 ‘숨은그림찾기’처럼 이 사회 속에 숨죽여 살지 않을 수 있고, 자신들의 꿈을 조금이라도 펼치며 살 수 있지 않을까? 그래야 ‘발달장애’라는 단어가 더는 생소하지 않은 사회가 되리라고 나는 생각한다.

그래서 이제, 나부터 솔직해지기로 했다. 생각해보면 내게 이런 조언을 하는 부모는 대부분 경증 장애아를 키우는 경우가 많았다. 그렇다고 경증 장애아의 부모 모두가 그렇다는 것은 결코 아니다.

내가 만나온 몇몇 경계선지능장애 아이의 부모, 혹은 ADHD 아이를 키우는 부모들이 오히려 자녀의 다름을 받아들이지 못하거나 그것을 외부에 감추려 하는 모습을 볼 때 그 마음이 충분히 이해된다.

그러나 가장 안타까운 건 때론 중증 발달장애아와 자신의 경계선지능장애 자녀가 마치 다른 부류의 아이인 양 어울리기를 꺼리며 행동할 때인 것 같다.

나는 정신과 전문의가 아니기에 섣부르게 말할 수 없다. 그러나 이는 부모가 아이의 다름을 받아들이지 못하고 그저 손바닥으로 하늘을 가리는 것과 다르지 않다. 일반 학교라는 비장애 집단 속에 1시간만 경계선지능장애 혹은 ADHD 학생이 함께 있다면 주머니 속의 못처럼 아이의 개성과 특별함이 교사의 눈과 주변 아이들에게 고스란히 드러날 것이다.

또 하나, 지금도 내 관점에서 유독 아이러니하게 보이는 한 가지가 더 있다. 바로 국가 복지 혜택 또는 장애인 특별전형, 군 면제, 취업이라는 문턱 앞에 선 부모들의 모습이다. 우리 아이는 경계선장애라 복지카드도 안 나온다며 발달장애 아이들을 안타깝게 보던 부모가 갑자기 자녀의 취업 혹은 군 문제를 앞두고 복지카드를 어떻게든 받으려고 뒤늦게 애쓰는 경우가 있다. 또는 자신의 아이는 특수교육 대상자이고 약물치료만 할 뿐이지, 장애는 아님을 계속 강조하다가, 정작 국가 장애복지 혜택 앞에서는 그 누구보다 관심을 보이며 자신의 아이가 장애 범주에는 해당한다는 의사 소견서를 제출하는 등의 이중적 태도를 보이기도 한다.

나는 조심스레 말한다. 장애 자녀의 부모들부터 자신의 자녀와 타인의 자녀의 장애 정도를 저울질하지 말라고. 장애에 있어 중증, 경증이라는 이름표보다 더 중요한 근본적인 것이 무엇인지에 대한 질문을 부모들 스스로 던져야 할 때다. 이제 우리 장애 아이의 부모들부터가 '장애인'이라는 단어를 부끄럽다거나 금기어라고 생각하지 말고 먼저 당당히 말할 수 있어야 할 것이다. 중증, 경증 모두 똑같은 발달장애인 범주임을 인정하고 서로가 똘똘 뭉쳐야만 이 세상이 조금씩 움직일 것이다. '홀로 가면 빨리 가지만 함께 가면 더 멀리 간다'라는 말처럼, 우리 발달장애아 부모들이 함께 하나되어 세상을 향해 외치는 것만이 이 세상 사람들에게 보여줄 수 있는 최고의 '나비효과'요, 우리가 이 땅의 발달장애인들에게 주고 갈 마지막 선물이 아닐까 싶다.

　물론 이 세상에 그 어떤 사람도 자신의 인생 계획에 '장애 아의 부모'라는 이름표는 없었을 것이기에 절대 쉽지 않음을 안다. 이렇게 말하고 있는 나도 과거엔 다르지 않았다. 학교에서 전화가 오면 언제라도 학교로 달려가야 한다는 불안감에 그야말로 헬리콥터맘이 되어 잠시도 집 주변을 벗어나지 못했다. 누가 시킨 것도 아닌데 학교 담임선생님께 전화가 오면 하던 일도 멈추고 자리에서 벌떡 일어나 조건반사처럼 90도로 허리를 굽혀가면서 전화를 받았다. 그런가 하면 "네, 선생님, 혹시 예준이한테 무슨 일 있나요?"라며 나의 불안감을 담임에게 먼저 표현하거나, "감사하고, 죄송해요"라는 말로 통화를 마무리해야 내 마음이 편했다. 그렇게 통화를 마무리한 날은 잠시 멍하니 앉아 눈물을 훔치거나 늦은 저녁 괜스레 남편에게 푸념 섞인 말투로 의논하는 내가 참 싫었다.

　나는 뭐가 그리도 늘 선생님께 죄송하고 감사한 걸까? 내 아이의 장애가 죄도 아니거늘, 왜 내 자존감은 이렇게 된 걸까? 장애 아이를 키우다 보면 학교에서 걸려오는 전화는 보통 좋은 소식보다 사건, 사고로 걸려오는 전화가 더 많다는 선입견에 대해 대부분의 장애 아이 부모들도 동감할 것이다. 그러나 이제는 나도 조금씩 멘탈이 강해진 것인지 매 학년 만나는 담임교사에게 할 말은 조금씩 당당히 하고 눈치 보지 않으려 노력한다.

2학년 담임과 짝꿍 사건의 통화가 마무리된 다음 날, 담임의 지도 덕분에 아들을 놀린 짝꿍과 친구들로부터 결국 사과를 받았다. 하지만 아들에게 도움반 트라우마라는 흉터도 남았다. 그날 이후로 예준이는 도움반 방과후수업에 가지 않겠다 선언했고, 우리 부부는 고민 끝에 아이의 의견을 존중해 주기로 했다.

위기는 곧 기회라는 말이 있다. 결국, 도움반 방과후수업을 대신해 쌍둥이 형제가 다니는 일반 태권도장을 과감하게 도전해보기로 했다. 이 또한 같은 반 쌍둥이 엄마가 내 아들에 대한 선입견 없는 선한 마음을 보여준 덕분이었다. 막상 장애가 있는 예준이가 일반 학원 아이들과 어울리기는 쉽지 않았지만, 첫술에 배부를 수 없다는 것도 예상한 바였다. 하루, 이틀, 시간이 지나면서 먼발치에서 쌍둥이 친구의 태권도 자세도 어설피 따라 하고, 학원 차량으로 친구들과 함께 하원하는가 하면, 도복에 묶인 하얀 띠를 매만지며 소속감을 맛본 듯한 예준이의 미소를 보는 것만으로도 그저 감사가 흘러넘쳤다.

짝꿍의 놀림 사건이 우리 가족에게 슬픔만 남긴 것은 아니었다. 예준이가 자신이 보고, 듣고, 느낀 것을 제법 전달할 수 있다는 것이 나와 담임선생님께 증명되었으며, 처음으로 자신의 의견을 존중받았기 때문이다. 그 덕분에 우리 부부도 치료실이 아닌 일반 학원에 처음 도전할 수 있었으니, 어찌 보면 이 사건은 하늘의 계획이 담긴 깊은 뜻이 아니었을까 생각하며 추억하고 있다.

◦ 내 아들이,
코로나19 캠페인 모델이라고요?

**세상의 그 어떤 것도 노력과 성실함을
이기는 것은 없다**

"아니, 다들 이 시간에 어쩐 일들이야."

성탄절이 다가오고 있을 무렵, 아들 등교 후 학교 앞 카페 창 너머로 도움반 엄마들이 브런치를 즐기는 모습에 반갑게 인사를 건네며 지나갔다. 그 후로도 자주 그들만의 모임이 유독 내 눈에만 들어오자, 비로소 그때 알았다.

나는 왕따 맘이었다. 나 이외에 또 다른 통합반 장애 아이 엄마도 그 모임에 속하지 못하고 있다는 걸 시간이 알려주었다. 특수교육 대상자 부모들의 세계에도 자녀의 장애 정도와 도움반 이용 여부에 따라 보이지 않는 벽이 분명 존재하고 있었다. 그 순간, 씁쓸함이 밀려왔지만 그렇다고 그 모임에 꼭 어울리고 싶은 간절함도 없었다. 오히려 교문 앞, 혹은 치료실에서 그들과 마주칠 때면 평소처럼 인사를 나누고 행동과 표정에 중립을 지켰다.

봄방학을 하루 앞두고, 도움반 엄마들은 한 명도 빠짐없이 모여달라는 단체 문자 공지에 모임 장소로 향했다.

"어차피 예준이 정도면 지금도 도움반 방과후수업도 안 하니까, 내년 보조인력 지원은 더 받기 힘들 텐데, 언닌 괜찮아요? 내년에 우리 애는 실무사, 공익요원 배정 시간이 줄어서 아주 속상해 죽겠어요. 아니, 우리 학교 도움반, 그 엄마 말이에요. 자기 애가 중증 장애인 게 무슨 벼슬이냐고요. 무조건 보조인력은 당신 아들 우선 배치에, 시간 배정도 더 받는 걸 당연시하더라고요. 기가 막혀서 말이 안 나와요. 저한테 뻔뻔하게 미안해하지도 않는 거 있죠!"

아니, 그들은 나를 왕따시키며 아침마다 브런치를 즐기고 서로 의자매처럼 죽고 못 살던 삼총사 엄마들이 아니었던가? 시간이 지나자 그들 간에도 서로 의견 충돌이 있었는지 내가 자리에 앉기도 전에 삼총사 중 한 명이 함께 다니던 중증 장애 아이 엄마에 대한 험담으로 모임의 시작을 알렸다.

내가 입을 열었다.

"여러분, 혹시 제가 예전에 활동보조인 학교 출입에 대해, 학교장 승인을 받자고 제안했던 거 기억하세요? 지금처럼 내년에 도움반 신입생이 오면 서로 보조인력 시간 배정에 불만이 생길 걸 예상했던 거예요. 지금 우리가 이 자리에 없는 사람 뒷말할 때가 아니라, 각자 특수교사와 소통해도 학교 여건상 장애가 심한 학생이 우선이라면 어쩔 수 없이 내년 학교 방침을 따라야겠죠. 하지만 교장 선생님께서 외부인력 출입만 허락해주신다면 이 문제는 바로 해결되리라 보는데, 여러분 의견은 어떠신지요? 오늘 이렇게 모인 김에 결론을 내면 어떨까요?"

그러자 마침 보조인력 시간 배정에 불만이 가득했던 엄마까지 합류해, 모두 만장일치로 보조인력 출입에 대한 학교장 승인 건에 동의했다. 그러나 선뜻 교장실에 제 발로 찾아가 이 내용을 전하겠단 사람도 없었다.

"네, 괜찮습니다. 저 혼자 갈게요."

잔 다르크도 아닌 나는 그 순간, 어디서 그런 용기가 난 걸까?

다음 날, 내가 정신 차리고 눈을 떴을 때는 이미 교장실 문 앞에 홀로 서 있었다. 아니나 다를까. 학교 측에서는 사전 연락 없이 방문했다며 나를 제지했지만, 나는 교장 선생님이 나오실 때까지 눈치도 없이 졸업식과 방학식 행사가 다 끝나도록 교장실 문 앞을 떠나지 않았다. 그렇게 긴 기다림 끝에 만난 교장 선생님과의 단독 면담을 통해 30분 만에 보조인력 출입을 허락받았고, 당당히 교장실을 나설 땐 마치 내가 개선장군이라도 된 것 같은 기분으로 봄방학을 맞이했다.

그러나 새해맞이 기대도 잠시, 상상도 못 한 손님, 코로나19가 찾아왔다. 결국, 외부 보조인력 교내 출입 계획은 수포로 돌아갔고, 코로나19로 집에서 동굴 생활과 동시에 초등 3학년을 맞이했다.

마스크를 쓴 채 대면한 3학년 첫 개별화 회의 날. 새 담임 선생님은 아쉽게도 발달장애 아이는 지도 경험이 전혀 없으신 젊은 남자분이셨다.

"어머님, 초3 교과과정이면 국어, 수학도 조금씩 어려워지고 코로나로 주 2회 등교하니, 등교 날 국어, 수학 시간은 도움반에 내려가서 수업을 받게 하는 건 어떨까요."

나는 망설이지 않았다.

"아직 초등 3학년이면 저학년이고 선생님 말씀대로 코로나로 등교 횟수가 많지 않은데 예준이도 오롯이 3학년 4반 소속감을 느낄 기회를 주실 수는 없을까요? 물론 선생님께서 장애 학생을 지도하실 때 많이 힘드실 줄 압니다. 하지만 우선 통합수업으로 지도해보시다가 너무 큰 어려움이 있으시면 저와 다시 의논해주시고, 그때 도움반 이용 여부를 결정하고 싶습니다."

개별화 회의 경험도 3회차가 되어가니 담력도 경력처럼 쌓였다. 그 덕분인지 내 목소리도 여느 때보다 당당했다. 내 말이 끝나자, 담임선생님은 마스크 너머로 걱정스런 표정을 감추지 못했고, 특수교사의 중재 끝에 통합수업 유지안에 서명하자 회의가 끝났다.

매일 아침, '위기는 곧 기회'라는 말을 마음에 새기며 기도로 아침을 열었다. 평소 학교에 예준이를 보내놓고 늘 마음 졸이며 헬리콥터맘이 되던 나는, 오히려 화상 수업이 컴퓨터를 통해 반 친구들의 수업도 관찰할 수 있다는 장점이 있어 좋았다. 늘 남보다 10분 일찍 컴퓨터에 접속해 수업을 준비하고 과제물도 더 꼼꼼히 제출하며 아들의 성실함을 강조했다. 심지어 방학 과제로 쓴 일기와 독서기록장은 하루도 빠짐없이 30장을 작성해 제출했다. 담임선생님께서도 아들의 반듯한 글씨체와 그 정성에 또 한 번 놀라는 눈치셨다. 비록 내 몸은 좀 힘들었지만, 마음은 그 어느 때보다 편했다.

세상의 그 어떤 것도 노력과 성실함을 이길 것은 없었다. 아들과 나의 성실함은 담임선생님의 장애에 대한 선입견을 바꿨으며, 발달장애 아이도 충분히 완전통합 교육이 가능함을 말이 아닌 태도로 증명했다. 그 시간이 시나브로 쌓이자 예준이는 1년간 또 한 번 완전통합수업을 자연스레 할 수 있었다.

나는 코로나로 외출하지 못하는 시간을 그 어떤 때보다 의미 있게 쓰고 싶었다. 하루 평균 3시간을 테이블에 앉아 그림을 색칠하고 있는 아들의 모습을 보며, 본격적으로 전국 미술 공모전 응모를 계획했고 한 달 평균 3개 대회에 도전했다. 대학부설 장애청소년 미술교육과 복지재단 미술수업도 인터넷 화상수업으로 유지하며 코로나를 핑계로 멈추지 않았다. 화상교육 3시간이라는 다소 생소한 방식에도 지루함 없이 미술을 즐기는 아들의 표정만 봐도 예준이가 얼마나 미술을 사랑하고 즐기는지 알 수 있었다. 생각을 바꾸니 코로나로 인한 화상미술수업은 나도 함께 예술로 초대되어 배우는 시간이었다. 지금에 와서 코로나 시기를 떠올려보면, 예준이가 미술을 가장 행복하게 즐기고 온전히 나와 함께했던 때로 기억되고 있다.

나는 생각했다. '아들에게 미술수업은 학교, 학원과 같이 전문 강사가 있는 공간, 혹은 개인 작업실이라는 특정 공간이 있어야만 가능하다고 보는 건 선입견 아닐까?' 이왕이면 가족이 함께 있는 공동체 공간, 바로 '거실'을 떠올렸다. '거실이 미술 작업실이라면, 가족 모두가 아들의 작업실에 늘

초대되는 셈이니 미술은 우리 가족의 삶이자 생활이 되지 않을까?’

거실에 혼수로 마련해온 교자상 2개를 펼쳐 조금은 다른 거실 풍경을 꾸미자 남편도 당황하는 눈치였다. 거실이 좀 지저분해지면 어떤가? 교자상이 손님 접대용이 아닌 미술을 즐기는 아들용으로 변신하자, 언제든 미술을 주제로 아이의 눈높이에서 함께 소통할 수 있는 거실 아틀리에가 더없이 완벽해졌다.

여름방학 중 어느 날, 서울 시내버스 코로나19 광고 캠페인 그림 공모전 담당자로부터 연락이 왔다.

“여보세요, 양예준 학생 어머님이실까요? 공모전에 예준 학생 작품이 ‘동상’을 수상했습니다. 이번 공모전 수상 작품은 버스 외벽 전체에 그림이 부착되고, 서울 시내버스 내 광고영상으로 계속 송출될 예정입니다. 그래서 다음 주에 자택 작업실로 방문해 직접 작업 과정을 촬영하고 학생 인터뷰를 할 예정인데요, 괜찮으실까요?”

수상 소식에 기쁘고 감사한 마음도 잠시, 아들의 인터뷰 내용을 광고방송 자료로 쓴다는 말에 순간 당황과 걱정이 내 입을 열게 했다.

"저, 선생님! 제 아들은 발달장애가 있습니다. 그렇다 보니 인터뷰가 조금은 힘들 수 있는데 영상촬영 참여가 가능할까요? 기회를 주신다면 꼭 해보고 싶습니다."

다행히 촬영감독은 자택에서 우선 촬영은 시도해보고 자료 사용 여부는 회의 후 판단하겠다며 예준이에게도 기회를 열어주었다.

그날 밤, 나는 아들의 인터뷰를 생각하니 잠이 오질 않았고, 결국 예상 대본을 미리 준비했다.

촬영 당일, 촬영이 1시간 정도 흘렀지만, 책을 읽듯 준비한 대본을 읽어내는 부자연스러운 말투 때문인지 촬영감독은 당황해했고, 결국 예준이의 대본을 치우며 감독이 말했다.

"예준아, 아저씨가 궁금한 게 있어! 지금 여름방학에 혹시 가장 보고 싶은 학교 친구가 있으면 카메라를 보면서 천천히 친구 이름을 말해볼 수 있을까?"

그 순간 "내 짝, 권노은! 많이 보고 싶다"라고 제법 자연스레 답하는 게 아닌가! 그 한마디를 놓치지 않은 촬영감독은 아들의 모습을 자연스레 카메라에 담자 만족한 듯 촬영을 끝냈다. '아! 나부터 예준이가 언어장애로 인터뷰가 어려울 것이란 선입견을 버리고, 짧고 간결하게라도 스스로 표현할 기회를 줬어야 했구나!'라고 깊이 반성하고 배우는 순간이었다.

일주일 뒤, 영상 완성본이 나왔다면서 촬영팀 담당자로부터 자료를 받았다. 영상 시작 첫 화면에 아들 또래의 비장애 아이들이 코로나19에 대한 자기 생각을 자연스레 말하는 모습이 보였다. 그런데 캠페인 영상 자료가 대략 끝나갈 무렵까지, 그 어디에도 아들은 보이지 않았다.

'아, 결국 통편집됐구나' 하고 포기하던 바로 그때, 놀랍게도 캠페인 광고가 끝날 무렵, 아들의 모습만 전체 클로즈업되면서 예준이의 그림이 외벽에 부착된 시내버스가 서울 도심을 달리는 영상으로 마무리되는 게 아닌가?

내 아들이 마치 대상을 받은 주인공처럼 마지막을 장식하다니 더 없이 감사가 흘러넘쳐 보고 있는데도 믿어지지 않았다. 나도 모르게 영상감독에게 감사의 전화를 드리고 있을 때 감독의 한마디에 눈물이 흘렀다.

"어머님, 예준이의 순수한 표정이 너무 좋았기에 회의 끝에 만장일치로 엔딩 장면을 장식하게 되었습니다. 축하드립니다."

그렇게 예준이는 한 달간 버스회사와 광고계약을 했고, 예준이의 버스는 서울 시내를 누비게 되었다. 그런데 쉽게 사라질 줄 알았던 코로나가 좀처럼 사라지지 않자, 결국 2년 반이란 시간으로 광고계약이 연장되었다. 한번은 버스에서 영상 속 아들의 모습을 넋 놓고 바라보다 정류장을 지나쳤지만 그래도 마냥 행복했다. 그해, 교장 선생님과 주변의 많은 사람이 예준이 광고를 봤다며 아들을 악수로 응원했으니, 다시 추억해도 우리 가족에게 찾아온 작은 기적이 아닌가 싶다.

3부

'그림 엄마'와
함께

욕심을 버리자 하늘은 내게 아들의 재능을 알아보는 눈을 뜨게 하셨다

나는 아들을 통해 미술을 배웠다

전화벨이 울렸다.

"예준이 어머님, 저 복지재단 미술 강사인데 통화 괜찮으세요? 다름이 아니라, 혹시 예준이가 멸종위기동물을 그려본 적이 있나요?"

"네? 선생님, 갑자기 그게 무슨 말씀이시죠?"

"아, 실은 이번에 한 화장품회사에서 주최하는 멸종위기동물 공모전에 제가 지도하는 장애 학생들 모두 도전해보기로 했거든요. 선정된 작가는 오티즘엑스포 전시와 화장품회사가 주최하는 협업 전시 기회도 주어져요. 그런데 미리 말씀드리지만, 심사는 미술 전문가분들과 주최 측이 하는 거라 예준이 그림이 선정된다는 장담은 못 드려요. 그래도 참여 의사가 있으신지 여쭤보려고 연락드렸어요."

"아, 정말요? 기회를 주시는데 당연히 예준이도 도전해야죠. 감사해요, 선생님!"

"그러면 예준이도 참여하는 것으로 체크할게요. 공모전은 두 달 뒤가 마감이고요. 지금 코로나19로 대면이 어려우니 중간 작업 과정을 사진 촬영하셔서 보내주시면 제가 전화나 문자로 피드백할 예정입니다."

복지재단 미술 강사의 갑작스러운 전화에 아들의 참여 의사는 묻지도 따지지도 않고 내 욕심이 먼저 답하고 있었다.

'맙소사! 내가 미쳤구나.'

예준이는 그간 동물을 그려본 적이 단 한 번도 없었다. 8절지 이상의 그림은 더더욱 그려본 바가 없었다. 10여 분을 멍하니 앉아 현실적인 문제를 하나둘씩 떠올렸을 때, 이미 전화를 끊은 뒤였다.

'그래, 어떻게든 되겠지. 괜찮아. 피할 수 없다면 즐기면 되는 거야!' 공모전 참여를 번복할 용기는 더더욱 없었던 나는 스스로 긍정 마인드를 외치기 시작했다.

"예준아, 멸종위기동물 공모전을 한다는데, 너도 한번 해보면 어때?"

하굣길, 아들의 눈치를 살피며 슬그머니 공모전 이야기를 꺼냈을 때, 다행히 호기심 가득한 눈빛으로 반기는 게 아닌가?

그날부터였다. 아들의 확답 한마디를 붙잡고 우리 모자는 공모전을 위해 멸종위기동물 전시회부터 동물에 관한 책, 다큐멘터리까지 찾아보며 그야말로 멸종위기동물 완전정복 프로젝트를 진행했다. 머릿속이 온통 멸종위기동물로 가득했을 무렵, 자연스레 아들과 대학가 근처 화방을 찾았다.

"예준아, 흰색 종이 말고 이런 데 그려보는 건 어때?"

"고객님, 보통 색연필화는 크라프트지를 사용하지 않아요. 더군다나 초등학생이 색연필로 작업한다면 색이 쉽사리 올라가질 않아 더더욱 어려울 텐데 괜찮으세요?"

아들에게 내가 누런빛의 크라프트지를 내밀자 화방 직원이 슬쩍 다가와 미술에 무지한 나를 설득하기 시작했다.

"엄마, 나 이거로 할래요!"

"그래, 시작이 반이라고, 사장님! 그냥 주세요. 뭐 어때요? 이참에 새로운 데도 시도해보는 거죠."

막상 집에 돌아와 4절지 두 장의 종이를 보고 있자니 그 넓이에 압도되고 그야말로 막막해지는 게 아닌가? 무식하면 용감하다고, 나는 크라프트지 뒤에 종이테이프를 붙인 뒤 반으로 접어 작업을 편히 할 수 있도록 아들을 독려했다. 그렇게 멸종위기동물 그림은 생전 처음 보는 커다란 크라프트지에서 시작됐다. 그때까지만 해도 이 종이가 가져다줄 뒷이야기가 생길 줄 꿈에도 몰랐다.

예준이가 얼마나 그렸을까? 며칠 뒤, 아들의 그림을 바라보는 순간, '맙소사! 초록색 오랑우탄이라니? 왜 얼굴은 초록색이고 털은 동글동글한 거지? 심지어 미술에서 흔히 말하는 원근법, 구도라는 것도 다 무시된 상태인데, 이대로 괜찮을까?' 하고 불안과 걱정이 밀려왔다. 하지만 약속한 날짜에 맞춰 미술 강사에게 중간 작업 사진을 보내야만 했다.

미술 강사에게서 문자 답변이 왔다.

"예준이 어머님, 보내주신 예준이 작업 사진 봤어요. 그런데 종이 색과 오랑우탄이 조금 낯설긴 한데…. 이제 초반 과정이니 다른 종이에도 그려보게 하시고 혹시라도 예준이가 거부하면 아이 의견을 존중해주세요. 사실 이번 공모전은 성인 작가들이 대거 도전해 경쟁이 좀 치열하지 싶어요. 예준이는 아직 많이 어리니까 꼭 선정을 목표로 하기보다 부담 없이 즐기는 걸 권해드립니다. 그리고 어머님! 보통 작품 뒷면에는 종이테이프를 붙여 연결하지 않는다는 점 참고 부탁드립니다."

'맙소사! 이건 뭐, 제출해도 다 틀려먹었네. 지금이라도 다시 그리자고 아들을 설득해봐? 아니, 미술이 수학도 아닌데 뭐, 정답이 어디 있데? 내 새끼 그림이 뭐가 어때서? 종이가 크니까 뒤에 종이테이프 좀 붙이면 어때? 에라, 모르겠다. 공모전 좀 떨어지면 또 어떠냐! 시작이 반이랬다고, 괜찮아, 아들! 잘하고 있어. 너 하고 싶은 대로 다 해! 가뜩이나 요즘 코로나로 외출도 못 하는데 색깔이고 뭐고 네 맘대로 칠하고 싶은 대로 해!'

나도 모르게 푸념인 듯 아들을 향한 응원을 외쳤지만, 마음 한편에선 이미 조용히 공모전을 포기하고 있었다. 이런 내 마음도 모른 채, 예준이의 엉덩이는 매일 3시간씩 흔들림이 없었다.

한 달하고도 보름쯤 지났을까? "엄마, 완성했어요"라고 아들이 말하던 바로 그때, 친정엄마와 남편이 그림을 보고도 너무 신기해 그야말로 헛웃음마저 새어 나왔다.

하루 평균 3시간씩 다양한 색연필의 색들이 수없이 중첩되어 지나간 흔적은 윤기가 날 정도로 반짝거리다 못해 번들번들한 게 아닌가? 그림을 보고 있으면서도 너무 신기해 크라프트지를 조명에 비춰보기까지 했다. 수세미와 칫솔, 포크로 긁고 지우개로 지워가며 그 위에 다시 온몸으로 눌러 그린 흔적이 고스란히 담겨 있는, 세상에 하나뿐인 그림이었다. 누군가에게 배운 바가 없는데도 예준이는 그 과정을 온몸으로 즐겼고 그것을 작품 안에 담아 내게 선물하고 있는 게 아닌가? 조금은 낯설었지만, 미술에 무지한 내가 보아도 오히려 형식 파괴의 날것 그 자체가 더 멋지게 빛났다. 처음 시작부터 난해하다며 걱정했던 오랑우탄의 초록색은 수많은 색으로 겹쳐지자 오묘한 색이 되어 마치 오랑우탄에게 숨결을 불어넣은 것만 같았다.

'우리 예준이가 이렇게 색을 겹칠한 데는 다 이유가 있었구나. 그래, 너도 다 계획이 있었구나.'

그 순간, 알 수 없는 눈물이 흘렀다. 욕심을 버리자 하늘은 내게 아들의 재능을 알아보는 눈을 뜨게 하셨다. 그렇게 나는 아들을 통해 미술을 다시 배웠다. 색에 대한 고정관념을 버려야 한다는 것, 장애가 있어도 기다려주면 말로 다 담지 못한 것을 예술이라는 언어를 통해 세상과 소통하려 한다는 것을….

전화벨이 요란하게 울렸다.

"예준이 어머님, 저 미술 강사입니다."

○ '그림 엄마'
그 아름다운 예술의 유혹

제2의 한부열을
꿈꾸며

"안녕하세요, 선생님. 네! 어디요? 그림을 어디에 올리라고 요? 아, 네, 알겠습니다. 우선 들여다볼게요."

미술 강사가 아침부터 갑자기 내게 고민을 만들어준 전화 내용은 대략 이랬다. 우크라이나 전쟁이 한창이던 이 무렵, 평화를 주제로 한 작품 한 점과 그 외 습작품들을 온라인 커 뮤니티 '그림 엄마'라는 곳에 올려보길 권하는 내용이었다. '그림 엄마? 여긴 어떤 곳이지?' 걱정 반 호기심 반으로 일단 '그림 엄마'라는 커뮤니티에 조용히 숨어들었다.

'맙소사! 여기 있는 사람들은 다 뭐 하는 사람들이래? 어 라? 여기 무슨 회사는 아닌 듯한데… 한젬마? 그, 그림 읽어 주는 유명한 예술감독이 이곳 운영자라고? 말도 안 돼. 아니, 강사 선생님은 갑자기 왜 이런 곳에 내 새끼 그림을 제출하라서? 여기 비회원도 다 보는 그야말로 공개 커뮤니티잖아? 괜스레 이런 곳에 내 새끼 그림을 올렸다가 망신만 당하는 거 아냐? 어머머! 앤 또 누구야? 왜 이리 그림을 잘 그려? 아니, 국내며 해외며 장애 미술작가들은 다 여기 모였나?' 점점 내 눈은 휘둥그레졌다.

내가 '그림 엄마' 커뮤니티를 들여다보기 전만 해도, 예준이가 초등 5학년 무렵까지 전국 미술대회에서 60여 차례 수상한바, 내 어깨 뽕이 살짝 올라가던 중이었다. 그런데 인터넷 속 장애 작가와 미술 영재들의 작품을 보고 있자니 이건 뭐, 그야말로 현타가 오는 게 아닌가?

'아, 나는 우물 안 개구리였구나' 하는 생각이 들었다. 지금이라도 예준이한테 색연필이고 뭐고, 물감으로 바꿔보라고 설득하고 싶을 만큼, 미술에 무지한 내가 봐도 멋진 작품들이 많았다.

'그림 엄마'란 곳을 들여다보니 국내외 미술 영재나 서번트의 작품을 누구나 무료로 감상하고 예술에 대한 생각과 활동을 나누는 곳이었다. 만약 내 자녀가 미술에 재능을 보이거나, 미술 관련 지도자로 일하는 사람이라면, 이 '그림 엄마'라는 상자를 열지 않고는 못 배기는 마법의 방처럼 보였다. 심지어 이런 멋진 곳의 운영자가 그림 읽어주는 예술감독,

한젬마라니. 그러나 나는 순간 알 수 없는 두려움에 이 유혹의 상자를 덮어버렸다.

코로나 시작 전인 2018년 가을. 나는 한 대학에서 주최한 장애 미술 부모교육을 위해 대학 내 강연장을 찾았다. 당시 현대미술 작가 한 분이 피카소와 한 발달장애 작가의 작품을 화면에 띄워주며 강연을 이어가던 중, 갑작스레 부모들에게 질문을 던졌다.

"여러분 피카소와 이 발달장애 작가의 작품에서 보이는 공통점은 뭘까요? 그리고 장애 작가들에게만 보이는 중요한 특징! 여러분은 뭐라고 생각하세요?"

강사의 질문에 현장이 술렁였다.

"한부열 작가 작품, 맞지? 그러네! 맞네. 부열이 그림!"

'이 분위기, 뭐지?'

"저기 제가 궁금해서 그러는데요. 한부열이란 작가분이, 그렇게 유명한 분이세요?"

나는 처음 보는 옆자리 사람에게 용감하게 질문을 던졌다.

"어머! 아이가 아직 어려서 잘 모르시나 보다. 한부열 작가 모르면 장애 작가들 세계에서 간첩 소리 듣죠? 저분 워낙 유명한 분인데 모르세요?"

그렇게 나는 이 세계에 무지한 그야말로 간첩이었다.

'그렇구나, 한부열 작가라 했지! 이렇게 많은 이가 작품만 보고도 작가의 이름을 말할 정도라면 나도 반드시 그 이름을 기억해야지!' 그러고는 마음속으로 조용히 외쳤다. '예준이 엄마! 너도 할 수 있어! 내 아들 예준이의 색연필, 그 힘을 믿어야 해. 작품만 보고도 양예준이다! 하고 많은 이가 알아볼 수 있게 예준이를 제2의 한부열로 반드시 만들고 말 거야.'

돈도 안 드는 내 결심은 거기서 끝나지 않았다. 그날로 집에 돌아와 한부열 작가 검색부터 전시관 찾기까지 그야말로 '한부열 들여다보기' 초급 입문 과정부터 '한부열 작가 어머니를 찾아가 큰 가르침을 받겠다'는 최종 마스터 과정까지, 혼자 김칫국을 사발로 들이켜며 나만의 꿈을 야무지게 꾸기 시작했다.

시간은 흘렀고 코로나가 찾아와 결국 팬데믹 선언에 이르던 가을 무렵. 겁도 없이 어디서 그런 용기가 난 걸까? 나는 인터넷 창에 발달장애 작가 한부열을 검색한 뒤 연락처가 보이자 무작정 전화기를 들었다.

"안녕하세요. 한부열 작가님 매니저분 연락처가 맞나요?"

"네, 제가 한부열 작가 매니저이자 엄마인데 어디시죠?"

그렇게 나의 무지함이 키워낸 용기로 인해 나와 한부열 작가 어머님과의 첫 인연이 시작됐다. 지금 떠올려도 참 눈치도 어지간히 없었다. 추석을 일주일 남겨둔 데다 코로나 시국에 남양주에 자리 잡은 한부열 갤러리를 무작정 찾은 우리 가족. 이런 우리를 반갑게 맞아주신 한부열 작가 어머님의 첫인상을 나는 지금도 잊을 수가 없다.

정원 속, 개인 갤러리를 운영하고 계셨던 한부열 작가의 어머님은 전시된 작품을 관람하는 나에게 오래전부터 알던 사람처럼 따뜻하게 안아주셨다. 그리고 아들 한부열 작가에 대한 자부심과 매니저 엄마가 지녀야 할 마음가짐의 중요성을 들려주셨다. 그의 울림소리를 나는 지금도 기억하고 있다.

"장애 작가 엄마는 그 누구보다 자식을 믿고 기다려주는 인내가 필요해요. 모름지기 계속적인 작품 활동을 통해 세상과 소통하려 하는 자가 진정한 작가라 말할 수 있죠."

그가 아들 작품에 대한 자부심을 말할 땐 마치 철옹성 같은 그 견고함이 부러움을 넘어 존경스러웠다. 그렇게 되기까지는 수도 없는 눈물의 시간과 땀의 결과임을 나는 그의 눈빛만 보아도 알 수 있었기 때문이다.

'그래, 내가 여기 오길 잘했구나. 엄마인 나부터 저 어머님처럼 아들을 향한 자부심을 품어야 예준이도 더 크게 성장할 거야. 그래, 바로 이거야. 유레카!'

고수의 가르침으로 재충전한 다음 날, '그림 엄마'라는 마법의 상자를 다시 열 용기가 생겼다. 그러고는 그곳의 작가들을 다시 꼼꼼히 살피기 시작했다. 그랬다. 누구나 미술의 입문 단계에서 한 번쯤 잡아본 색연필! 고된 작업, 인기 없는 미술 도구란 색연필의 수식어 때문일까? 색연필 작가는 내 눈에 거의 들어오지 않았다.

'그래, 이거야! 예준이는 남들 안 하는 걸 하면 되는 거야. 물감이 아니면 좀 어때? 내 눈엔 예준이 그림이 최고인데. 내 아들을 내가 색연필 분야 최고로 만들면 되지!' 그 순간 밀려온 용기 덕분이었다. 아들이 어릴 적 연습장에 그린 습작부터 5학년 무렵 미술 흔적까지 날개를 달아주며 나의 '그림 엄마' 첫 입문은 그렇게 시작됐다.

나의 두 번째 친정집 '그림 엄마'

'그림 엄마'의 댓글로 마음의 쉼표를 그리기 시작했다

어쩌면 하늘의 뜻이었을까? '그림 엄마' 커뮤니티에 아들의 작품 하나를 처음 올리며 입문하던 날, 언젠가 시간이 흘러 내가 이곳의 리더 엄마 중 한 사람이 될 거라곤 꿈에도 몰랐다. '그림 엄마'에 아들 작품 하나를 올려놓고, 온종일 작품 조회수와 댓글 반응이 궁금해 내 눈은 스마트폰 속으로 빠져들 지경이었다. 급기야 오후가 되자 '걱정'이란 이름이 머릿속에 찾아와 '후회'라는 이름표로 바꿔 달며 다크서클까지 만들기 시작했다.

그날 밤, 놀랍게도 제일 먼저 응원의 첫 댓글이 달렸다. 다름 아닌 운영자 한젬마 감독이었다. 그의 환영 댓글을 시작으로 장애 작가 엄마들의 작품에 대한 짧은 감상평과 응원의 메시지가 꼬리에 꼬리를 물고 올라오는 게 아닌가? 그저 보고 있는데도 신기하고 놀라울 따름이었다.

미술이라는 같은 재능을 가진 장애 작가들과 비장애 미술 영재들이 함께하는 온라인 공간. 그들의 부모들이 서로 시기와 질투가 아닌, 응원과 격려로 하나 되는 이 힘의 원동력은 도대체 뭘까? 전국의 많은 발달장애아, 미술 영재 부모들이 미술이라는 공통 관심사가 통하면 온라인이라는 공간에서도 교육비나 회비도 없이 선의의 경쟁과 나눔을 할 수 있다? 이게 가능하다고?

'예술'이라는 힘은 '장애'라는 편견도 없이, 말하지 않아도 말한 것처럼, 보지 않고도 본 것처럼, 그야말로 '이해와 사랑' 그 너머로 하나가 되게 하는 놀라운 힘을 가지고 있었다. 그뿐만이 아니었다. '칭찬은 고래도 춤추게 한다'는 말이 옳았다. 나는 아들을 키우며 마음에 위로가 필요할 때마다 '그림 엄마' 카페를 찾아 쉼표를 그리고 있었다.

코로나가 한창이던 초등 4학년 여름. 아들의 같은 반 남자 아이가 급식실에서 뒤로 가라며, 줄을 서 있는 예준이만 유독 괴롭힘이 반복된다는 소식을 들었다. 나는 불안함에 결국 학교 번호를 누르고 있었다. 그러나 전화기 너머 시큰둥한 담임의 목소리가 나의 불안과 관심 지도 부탁을 무안하게 할 뿐이었다.

"엄마! 엄마! 우리 반 애가 나 여기를 쳤어요! 엄마! 엄마! 많이 아파요."

하교 시간 교문 앞, 멀리서 예준이가 통곡하듯 울어대며 마치 소변이 마려운 아이처럼 바지를 부여잡고 나를 다급히 부르고 있는 모습이 눈에 들어왔다. 그 순간, 코로나로 교내 외부인 출입금지 표지판이고 뭐고, 이미 내 몸은 아들을 향해 교내로 뛰어들고 있었다.

"엄마, 집에 가려고 신발 갈아신는데…."

숨이 넘어갈 듯 꺼이꺼이 우는 소리에 아들의 뒷소리는 조금도 들리지 않았다. 마침 옆에 있던 한 여자아이가 증인이 되어 예준이의 통역을 도왔다.

"아줌마, 저기 서 있는 우리 반 남자애가요, 예준이가 가만히 서 있는데 신발주머니를 돌리면서 갑자기 때리고 간 거예요. 저 애, 우리 반 애들한테 다 시비 걸고 다녀서 만날 선생님께 혼나는 아이예요!"

고개를 돌려 보니 내 눈앞에 그 아이가 예준이의 급소를 치고도 아무렇지 않게 1층을 배회하고 있는 게 아닌가? 바로 그때, 나를 아줌마를 넘어 조폭 마누라로 변신시켜준 용기는 다름 아닌 사춘기보다 무서운 손님 갱년기였다.

"야! 너 이리와. 내가 예준이 엄마인 거 알지? 왜 가만히 있는 우리 예준이 이유 없이 때려! 그것도 급소를! 어디서 너보다 약한 사람한테 이런 행동을 해! 한 번만 더 예준이 건드리고 이런 행동을 했다가는 아줌마가 너, 가만 안 둬. 너 지금 당장 부모님께 전화해서 오시라고 해. 경찰 불러서 이 학교 못 다니게 할 테니까!"

그 순간, 내가 배워온 윤리 도덕, 육아 전문가 혹은 정신과 의사에게 들어본 자녀교육 이론이고 뭐고, 나는 오로지 아들에게 이 험한 세상 속에서 스스로 살아남을 생존법을 가르쳐야 한다는 생각에 초등학생을 상대로 협박하는 비겁한 어른일 뿐이었다. 사과를 받는 형식 따위도 이미 중요하지 않았다. 다른 엄마들 같으면 '같은 반 친구끼리 서로 사이좋게 지내야지, 이러면 되겠니?'라고 우아한 목소리로 조용히 타일렀을까? 그러나 나는 아들 손에 신발주머니를 쥐여주며 이렇게 말했다.

"예준아! 너도 똑같이 때려! 왜 맞고만 다녀. 어?"

그러나 나의 왈가닥 DNA를 조금도 물려받지 않은 순한 아들은 그저 때릴 줄도 모르고 상대를 향해 울먹이다가 상대의 팔꿈치를 약하게 미는 시늉을 하는 게 전부였다. 상대 아이는 여전히 반성의 눈빛은 보이지 않았다. 결국, 내 우렁찬 목소리는 교내 하굣길 학생들이며 교사들의 발걸음을 멈추게 했고, 4층에서 이 소식을 듣고 담임교사가 내려왔다. 그래도 내 목소리는 멈추지 않았다.

"담임선생님! 결국, 제가 우려했던 일이 터졌네요. 분명히 제가 전화로 관심 지도 부탁드렸던 것 같은데, 이게 뭐죠? 학교는 특수교육 대상자를 더 보호하고 관찰해주셨어야 하는 거 아닙니까?"

마스크를 내던진 나의 목청은 예준이 뒤에 엄마인 내가 있으니 함부로 말라는 담임과 학생들을 향한 울분의 소리였다. 그날을 기점으로 담임도 긴장한 목소리로 나를 대하기 시작했다. 예준이를 지속해서 괴롭히던 아이는 조부모 손에 자라 부모 소환도 어려운 데다, 이미 다른 아이들과도 여러 차례 문제를 일으켜 학사 경고까지 받은 아이라 소개했고, 학교폭력으로 내가 회의를 신청한다 해도 현재 코로나로 언제 회의가 가능할지 알 수 없다 했다. 담임이 왜 내 민원전화에도 시큰둥한 목소리였는지 스스로 해설까지 해주는 대목이었다. 담임은 코로나를 핑계로 두 아이를 교실에 데려가 예준이에게 사과하도록 지도했다며, 이 사건을 교실 전화로 대충 통보 후, 아들을 돌려보내는 게 전부였다. 그야말로 코로나는 마치 윤리 도덕, 사마리아법도 예외로 만들 수 있고, 부모와 대면을 안 해도 정당한 이상한 나라의 면죄부가 되어 있었다.

'이봐, 총각 선생! 당신도 이담에 장가가면 아버지가 될 텐데, 장애 학생 부모 마음이 얼마나 찢어지게 힘들지 헤아려 주지는 못할망정, 일 처리를 이따위로 마무리해? 담임교사란 사람이 이래도 되는 거야? 발달장애 아이가 자기 의사 표현을 얼마나 한다고, 부모 보는 데서 보란 듯이 사과를 시키고 잘잘못을 가르쳐야지, 이게 교사가 할 자세야? 이담에 천벌받아, 이 양반아!' 화가 치밀어 오르고 눈물이 났지만 결국 학교를 안 보낼 게 아니었기에, 나 역시 통화가 끝난 전화기를 향해 던지는 혼잣말이 전부였다.

"예준아, 아까 왜 그 친구를 못 때렸어?"

"내가 때리면 친구가 여기가 아프고, 나한테 사과했으니까."

아들과의 하굣길, 아들의 대답은 화를 삭이지 못하고 있는 나를 그저 부끄럽게 했다. 똑같이 상대에게 복수하는 것이 내 정신건강과 삶에 다 부질없다는 것과 신앙인의 삶에 있어 가장 중요한 '용서'의 자세가 무엇인지 가르침을 주는 순간이었다. 내 뱃속에서 어떻게 이런 천사가 나왔을까 싶을 만큼, 예준이는 내 삶의 스승이요, 하늘이 보내준 천사였다.

내 주변의 장애 아이 엄마들은 요즘 애들이 얼마나 무서운데 나중에 중고등학교 때 혹시라도 다시 만나 2차 가해라도 하면 어쩌려고 그런 겁을 줬냐며, 나와 아들의 몇 년 후를 걱정했지만 내게 후회는 없었다.

집에 돌아와 세수로 놀란 마음을 닦아보는데도, 막상 내 안의 욕심과 설움은 닦이지 못한 채 흐르고 있을 뿐이었다. 거울 속 벌게진 내 눈을 보며 주문을 외웠다. '이 또한 다 지나가리라.' 몇 번 기도를 올리는 밤. 꼭 그런 날은 밤마다 '그림 엄마'를 찾아가 댓글로 마음의 쉼표를 그리며 나도 응원 이어달리기를 했다. 알 수 없는 힘이었다.

'그림 엄마'는 내가 하염없이 울고 있어도, '괜찮아, 윤경아! 예준이도 너도 지금 잘하고 있어! 예준이도 이렇게 좋아하는 미술이라는 게 있으니 세상 앞에 두려워 마!'라고 말없이 안아주는 두 번째 친정엄마 품이 되어갔고, 그들의 응원 댓글이 나를 안아주고 때론 내일을 살아가게 했다.

나는 예준이의 엄마라는 이름표를 달고 있었지만, 나도 아직은 엄마가 필요한 철부지 소녀였다. 그러나 내 현실은 이제 곧 여든 살을 바라보는 내 친정엄마의 엄마가 되어줘야만 하는 반백 살의 내 나이가 그저 부끄럽고 아쉬울 뿐이었다. 나는 그렇게 그날 밤 또 한 번 단단한 예준이 엄마가 되어갔다.

하늘이 주신 기적의 선물
'오티즘엑스포' '사치 공모전'

"어머님! 축하드려요. 예준이 오랑우탄 작품, 러쉬코리아 오티즘엑스포에 선정되었어요. 저에게 멘토링받은 학생 중에 유일한 초등학생이니, 예준이 대단해요! 시간이 어머님과 맞으면 제가 오티즘엑스포 현장에서 뵙고 인사드릴게요."

한껏 들뜬 복지관 미술 강사의 축하 전화 덕에 나도 기분 좋은 호들갑을 섞어가며 고마움을 답했다. 욕심을 내려놓자 하늘이 주신 기적의 선물이었다. 색연필에 대한 집중력, 오랜 시간 온몸으로 겹겹이 눌러가며 자신만의 색을 만든 아들. 그 누구도 완성 전까지 예준이의 작품을 평가할 수 없다는 인내심을 가르쳐준 하늘의 선물이었기에 작품 선정 소식은 그 어느 때보다 반갑고 감사가 흘러넘쳤다.

"선생님, 그때 추천해주신 '그림 엄마' 카페에 예준이 작품도 올렸어요. 덕분에 저도 그분들과 함께 배우고 성장하는 것 같아 참 좋네요. 고맙습니다.”

그래서였을까? 한부열 작가를 시작으로 이제는 ‘그림 엄마’의 운영자인 한젬마 예술감독과 작가들이 궁금해지기 시작했다.

집에서 1시간 반 거리에 있는 오티즘엑스포 현장. 아침부터 설레고 분주했던 마음 탓일까? 발걸음은 오프닝이 시작되기도 전 이미 아들 작품 전시관 앞에 머물렀다. 분명 집에서도 수차례 보았던 내 새끼 그림이건만, 전시장 조명 아래 아들의 작품을 보고 있자니 보고 있어도 실감이 나지 않았고 어느새 감사의 눈물이 마스크 안으로 흐르고 있었다.

바로 그때였다.

“여러분, 이 시간 여기 계신 발달장애 작가 세 분과 매니저이신 어머님들께서 귀한 걸음을 함께해주셨습니다. 우리 발달장애 작가들의 작품과 이분들을 멋지게 성장시킨 어머님들 이야기를 직접 들어보는 시간, 지금부터 시작하겠습니다.”

나는 그를 먼발치에서도 한눈에 알아보았다. 마스크를 쓰고 있었지만 분명 한젬마 예술감독이었다. 그토록 만나고 싶었던 그가 엑스포 현장 토크쇼 진행자로 내 눈앞에 서 있는 게 아닌가? 아들 덕에 두 번째 꿈이 현실로 바뀌는 순간이었기에 눈앞에서 보고 있는데도 실감이 나질 않았다.

나도 모르게 자석처럼 이끌려 앉은 토크쇼 현장, 마치 대입 설명회에 참석한 고3 엄마처럼 하나라도 놓칠세라 레이저 눈빛을 장착했다. 그러자 내가 언제 눈물을 흘렸냐는 듯, 경청은 덤이었다. '그림 엄마' 커뮤니티에서 댓글을 달아준 한젬마 감독과 작가, 어머님들. 내가 그토록 궁금했던 사람들이 바로 내 눈앞에 있다는 게 그저 꿈만 같았기에 수첩을 꺼내, 그들의 말을 한마디도 놓치지 않고 메모하기 시작했다.

토크쇼가 끝나고 참석한 많은 이와 한젬마 감독이 기념촬영을 이어갔다. 그토록 만나고 싶었던 그들 앞이었건만 막상 많은 이에 둘러싸여 이야기 나누는 모습에 내가 끼어들 틈은 조금도 보이지 않았다. 결국, 아쉬움을 뒤로한 내 발걸음은 다시 아들 작품 전시관 앞에 멈춰 있었다.

"혹시 이 오랑우탄 작가 어머님이실까요? 아까 강연을 너무 열심히 듣고 계셔서 깜짝 놀랐어요. 이번 작품, 너무 좋습니다."

내 등 뒤로 맑고 경쾌한 초록빛 목소리가 들렸다. 내가 뒤를 돌아보았을 때 머리부터 발끝까지 초록으로 빛나는 한젬마 예술감독이 있었다. 내 기도에 하늘이 응답하시는 만남의 순간이었다. 설렘과 반가움 때문이었을까? 예준이 작품에 대한 그의 응원 도슨트가 하울링처럼 들리자 또 한 번의 눈물이 마스크 안으로 주책스레 흘렀다.

다음 날, 남편과 아들과 함께 전시관을 찾았을 때도 한젬마 감독은 예준이에게 먼저 다가와 기념사진을 함께 찍어주었다. 그런가 하면 아낌없는 응원의 모습에 아들의 미소가 마스크 밖으로 묻어 나왔다. '아! 내가 젊은 시절 책으로 만난 베스트셀러 작가 한젬마 씨가 이렇게 겸손한 분이었다니.' 그 순간 '그림 엄마' 커뮤니티의 원동력은 어쩌면 이분의 겸손하고 선한 영향력으로부터 출발했기에 가능했을지 모른다는 생각이 스쳤다. 나는 그날을 시작으로 그의 초록빛 예술의 힘에 물들기 시작했다.

그날 밤, 엑스포 행사가 끝나 여운을 느낄 틈도 없이 평소처럼 공모전의 바다를 헤매던 날. 우연히 내 눈에 '영국 사치 갤러리 공모전'이라는 문구 하나가 들어왔다. 평소 미술에 무지했지만 한 예능 방송에 출연한 기안84와 송민호 작가 덕분에 사치갤러리라는 곳의 명성에 대한 얕은 상식 정도를 노력 없이 얻은 바 있었다. 이런 엄청난 장소에 국내에 있는 초·중·고생 단 6명만을 뽑아 유명 작가들과 함께 영국 사치 미술관 전시에 참여시켜준다는 공모 글이었다. 그야말로 로또 같은 유혹의 공모전이었다.

"저기, 아트페어 공모전 담당자시죠? 혹시 낙선 시 작품 반환은 되나요?"

아들의 매니저요, 소속사 대표인 내가 두려울 것이 뭐가 있을까, 하는 생각에 아들의 오랑우탄 그림을 일단 공모전에 내보기로 마음먹었다. 매 회기 공모전에 아들의 출품작이 계획될 때마다 남편은 출근길에 작품 배송을 도맡는 등, 언제부턴가 우리 가족은 제법 예준이의 일인 기획사 모양을 갖춰가기 시작했다.

시간이 흘러 공모전 발표 하루 전날, 갑자기 엑스포 전시 참여를 열어준 러쉬코리아가 창립 20주년 행사에 엑스포 전시 참여 작가들과 콜라보전을 기획 중이니, 작품 원본을 다시 본사로 제출해달라는 소식이 들려왔다.

"맙소사! 여보! 나 어쩌지? 이 그림, 사치미술관 공모전에 제출했는데…. 큰일이네."

"에잇, 괜찮아. 생전 복권을 사도 500원도 안 되는 너잖아. 예준이가 그 6명 안에 든다는 게 쉽겠어? 솔직히 예준이가 공모전 경험이 아무리 많아도 이런 공모전은 좀 쉽지 않지. 전국에 내놓으라 하는 일반 아이들이 대부분 학원 선생님 지도받아서 제출하고 그럴 텐데. 그냥 마음 비우고, 낙선하면 그림 찾아와서 러쉬코리아에 제출하면 되니까 걱정 마. 늦었는데 어서 자. 괜찮아.”

뭣이 되었든 긍정적인 우리 집 아저씨 덕분에 걱정을 내려놓고 예민한 나는 잠을 청했다.

“맙소사! 여보! 여보! 일어나봐! 말도 안 돼! 여보!”

다음 날 아침, 나의 호들갑스러운 목소리는 알람도 이길 기세로 남편을 깨웠다.

“이거 봐! 예준이가, 우리 예준이가, 그 공모전 최종 6명 명단에 들어갔어. 어머머! 기적이야! 다시 봐, 이 공모전 당선자 명단에 우리 아들 맞지? 양＊준, 이거 우리 예준이겠지? 텔레비전에 나온 기안84, 송민호, 낸시랭 작가랑 배우 박신양 작가랑 같이 영국 사치미술관에 전시한대. 설마 공모전 제출자에 또 다른 양씨 성을 가진 학생이 있었나? 아니겠지?”

자다 일어난 남편도 잠이 덜 깨 얼떨떨해하자, 도무지 기다리기 힘들었던 나는 오전 9시 공모전 주최 측에 합격자 확인을 위한 전화번호를 누르고 있었다.

“네, 양예준 학생이 최종 수상자 맞고요, 축하드립니다. 이번 심사위원 총 6분 중 국내 작가 세 분과 영국 심사위원 세 분의 만장일치로 양예준 학생 작품이 가장 먼저 선정되었습니다. 이번 영국 잡지에도 아드님 작품이 소개될 예정이고, 영국 사치미술관 티켓도 보내드리니 참고하시기 바랍니다. 감사합니다."

전화로 사실 여부를 듣고 있는데도 환청이 들리는 것 같아 한참을 멍하니 서 있었던 그날 아침.

"기적이 있다면 이런 걸 두고 하는 말이겠지? 여보 이게 꿈이야 생시야? 오래 살고 볼 일이다."

나는 혼자 로또 복권 1등이라도 당첨된 사람처럼 행복해서 데굴데굴 구르고 입이 귀에 걸렸다.

"아! 맞다. 여보, 러쉬코리아에 작품 원본 제출해야 하는데 이를 어쩌지?"

그 순간, 공모전에 붙은 행복도 잠시, 잊고 있던 걱정이 밀려와 전화기를 들었다.

"예준 작가 어머님, 우선 수상하셨다니 축하드려요. 하지만 이번 러쉬 20주년 행사 기획자이신 한젬마 부사장님과 직접 통화하셔서서 작품 원본의 부재 상황을 설명하시는 게 가장 정확하지 싶습니다. 제가 이 소식을 전하다 보면 서로 오해가 생길 수도 있고요."

전화기 너머 화장품회사 직원의 말에 수긍하면서도 막상 교무실에 불려가야 하는 학생마냥 덜컥 걱정이 밀려왔다. 심호흡을 크게 하고 누가 듣는 이라도 있을까 싶어 아들의 치료실 비상구 계단에서 자리를 잡고 조용히 전화벨을 눌렀다.

"저, 저기…. 안녕하세요. 저는, 색연필로 오랑우탄을 그렸던 초등학생 작가 양예준 엄마입니다. 그게 저…."

생각과 말이 정리되지 못한 채 웅얼거리듯 맴돌기 시작했다. 그 순간, 내 본업이 기자였다는 게 부끄러울 정도로 나는 교무실 앞에 불려간 걱정 가득한 열여덟 살 소녀일 뿐이었다.

"네? 누구, 누구시라고요?"

전화기 너머로 맑고 경쾌한 목소리가 들렸다.

예준이의 오랑우탄! 날개를 달고 영국을 향해 날아오르다

예술이라는 이름 앞에 장애는 중요치 않다

시간이 흐른 뒤에 깨달았다. 아들의 매니저인 내가, 전시를 계약한 러쉬코리아와의 계약서를 정독도 하지 않은 채 무심코 대리 서명했다는 것을. 작가는 전시 계약 기간 중, 동일 작품으로 타 공모전에 응모하거나 전시하는 행위 자체가 계약 위반 사항인 줄도 모른 채, 사치 공모전에 응모했으니…. 그야말로 무식하면 용감하다는 말이 나와 같은 이를 두고 한 말이었다. 이런 나의 무지함과 욕심이 빚은 수상이라는 결과물이었기에 영국 사치 공모전 수상자 명단에 오른 기쁨도 잠시, 한젬마 감독과의 통화는 교무실에 불려간 문제 학생처럼 좌불안석 그 자체일 수밖에 없었다.

"아, 네, 네. 색연필 작품, 오랑우탄 양예준 작가 기억합니다. 네? 어디요? 스타트 아트페어요? 제가 지금 회의 중이라 말씀하신 그 내용을 우선 문자로 좀 보내주시겠어요? 제가 이따가 회의 끝나고 다시 살펴보겠습니다. 그래요, 우선 작품은 작가에게 권한이 있으니…. 좋습니다. 20주년 러쉬 행사에 예준 작가는 영상물로 우선 대체하면 됩니다. 이 소식 '그림 엄마' 카페에 올려주시겠어요? 네, 네! 너무 축하드립니다.”

전화기 속 그의 목소리는 무척 바쁘고 분주해 보였기에, 이 와중에 눈치 없이 말까지 더듬는 나 스스로가 한심했고 더 죄송스러웠다. 그런데 그는 내 예상과 달리 아들의 수상 소식을 먼저 축하해주는 게 아닌가? 그 순간, 긴장을 너무 했던 탓인지, 통화가 끝난 전화기에 대고 나도 모르게 감사 인사를 넙죽 하는가 하면, 다리에 힘이 풀린 나머지 치료실 비상구에 주저앉아 숨 고르기를 하며 남편 번호를 누르고 있었다.

“여보, 여보! 허락해주셨어. 아! 어떡해. 너무 긴장했었는데 감사해서 눈물 나.”

그랬다. 한젬마 감독의 수락 한마디 덕분에 그날을 시작으로 예준이의 작품은 날개를 달고 영국을 향해 날아올랐다. 그렇게 예준이는 스타트 아트페어 참여 작가로 당당히 도록에 이름을 올리며 VIP 입장권과 영국 사치미술관행 티켓까지 등기우편물로 받았다. 아들 덕에 마치 내가 신데렐라가 된 듯한 설렘을 경험할 수 있었다.

"그래, 이 그림 그린 아이가 누굴지 너무 궁금했어. 왜 이렇게 구도를 잡았니? 내가 이 그림 심사할 때 국내에 아직 이런 아이가 있구나 싶어 많이 놀랐거든."

아트페어 현장에서 만난 동양화 작가 김선형 교수가 시상식에 참석한 예준이에게 상패를 건네며 질문을 던지고 있었다.

나는 그간 예준이의 작품을 여러 공모전에 응모할 때마다 아들의 장애를 절대 공개하지 않았다. 그것은 아들의 장애가 부끄러워서가 아니라, 예술이라는 이름 앞에서 장애는 결코 중요하지 않기 때문이다. 오히려 심사위원들에게 그 어떤 동정표나 선입견을 주고 싶지 않았고, 그저 공정한 심사를 받고 싶었을 뿐이었다. 그래서 예준이가 그간 받아온 많은 미술대회 수상 소식은 더더욱 아들에 대한 자부심이요, 감사함 그 자체였다.

시상식장에서 아들을 향한 김선형 교수의 질문은, 예술에 장애는 결코 걸림돌이 되지 않으며 작품 그 자체로 인정받는다는 것을 경험하게 했다. 그렇기에 더없이 예준이가 자랑스럽고 그의 질문이 오히려 나를 설레게 했다.

그 순간, 김 교수의 질문에 쭈뼛대던 아들이 입을 열었다.

"그냥 예쁘니까, 오랑우탄이 우리에서 살려달라고 하는 거고, 나는 마음을 그리는 마음 화가예요."

엉뚱한 듯 조금 짧게 답하는 예준이의 말에 김 교수는 당황한 듯 바라보셨다.

"저, 교수님, 안녕하세요. 저는 양예준 수상자 엄마입니다. 저희 아들은 발달장애가 있어 대화가 조금 매끄럽지 못한 점 양해 부탁드립니다."

시상식장에 있는 많은 사람 앞에서 나는 아들의 장애를 당당히 소개했다.

"어쩐지, 아, 그랬군요. 내 촉이 맞았네요. 이런 구도는 배워서 나오는 구도가 아니거든요. 그냥 날것 그 자체가 만들어낸 미학이지. 학원에서 배운 아이들은 배운 대로 해야 한다는 고정관념 때문에 이렇게 못 그려요. 내가 그런 아이들 이번 심사에서 다 제외했지. 이 어린아이가 얼마나 작품에 애정을 쏟았을지 지나간 색연필의 중첩이며 지우고 문지른 흔적이 고스란히 보여서 솔직히 보자마자 내가 많이 놀랐어요. 이 작품을 그린 아이가 도대체 누굴까 궁금했거든. 너, 이름이 양예준이라고 했지? 선생님이 네 이름을 꼭 기억할게. 넌 이미 타고난 화가구나. 부모님도 장애 아이를 키우시면서 그간 어려움이 많으셨을 텐데, 예준이가 기특하고 자랑스러우시겠어요. 축하드립니다.”

아들에게 악수를 청하며 우리 가족에게 건네는 김 교수의 위로와 따뜻한 응원에 마스크 안으로 눈물이 흘렀다. 그래서일까? 나는 지금도 김선형 교수의 말을 또렷이 기억하고 있다. 시상식에 참석한 다른 부모들도 상장을 받는 예준이를 향해 박수로 응원했다. 바로 그때, 시상식장이 갑자기 술렁이기 시작했다.

맙소사! 때마침 주최 측 영국 대표가 시상식장에 도착해 예준이를 향해 마스크를 벗고 다가오는 게 아닌가? 그의 옆자리에서 예준이를 오티즘 학생 작가라고 소개한 통역사의 말 한마디에 식순과 대본에도 없는 악수에 기념사진 촬영까지 단독으로 하는 돌발상황이 연출된 것이다.

코로나19로 거리두기며 마스크 착용이 의무이던 시절이었기에 그 순간 시상식장의 많은 이가 놀랐다. 그러면서도 예준이에게만 유일하게 손을 내밀어주는 영국 주최 측 대표의 과감한 모습에 다른 수상자들은 마냥 부러운 눈빛으로 바라보았다.

코로나19 감염 우려보다도 더 소중한 그 순간이 현장에 있던 영국 취재 기자의 카메라에 고스란히 담긴 덕분에 예준이는 영국 잡지에 출연하는 행운의 한국 소년 작가 되었다.

그렇게 아들 때문에 어찌 살아야 할지 모르던 내가 아들 덕분에 영국 사치미술관이란 곳도 알게 되고 국내·외 유명 작가들과 같이 전시하는 아들의 엄마가 되었다. 내 아들을 통한 하늘의 큰 뜻을 어찌 다 헤아릴 수 있을지 다시 한번 기적을 체험하며 감사가 흘러넘쳤다. 마치 세상의 모든 기운이 나를 돕는 것만 같았다.

그해 여름방학이 시작될 무렵이었다.

"안녕하세요, 예준이 어머님. 혹시 예준이 작품 가지고 있는 것 중에 30호 사이즈가 있을까요?"

그림을 이어주고 세상을 이어주는 특별한 힘을 가진 한젬마 감독이 전화기 너머로 나를 부르고 있었다.

내 마음의 한을 풀어준 은인 러쉬코리아 우미령 대표

러쉬코리아 우미령 대표와 한젬마 감독의 멋진 행보는 지금도 진행 중

"안녕하세요, 감독님. 네? 그게, 저희 예준이는 8절지나 4절지 정도 그려본 게 전부라…."

"이번 아트페어에, 멸종위기동물을 30호 크기로 한번 도전해보면 좋겠어요. 괜찮으실까요? 네, 그래요. 완성작을 담당자 메일로 보내주시면 제가 확인하겠습니다."

내 기억 속 '러쉬코리아'는 향기로운 입욕제와 화장품을 판매하는 회사 정도로 남아 있었다. 그런데 놀랍게도 러쉬코리아 우미령 대표와 임직원 모두가 해피 피플이라는 이념 아래, 환경과 인권에 대한 문제를 세상에 알리며 캠페인을 넘어 발달장애 작가들과 콜라보 전시 기획까지, 전 직원이 함께 참여하는 회사라는 걸 아들 덕분에 알게 됐다.

이런 회사에서 '러쉬 아트페어'를 기획한 한젬마 예술감독.

지금껏 그 누구도 시도하지 않은 매장 윈도우를 활용한 아트 페어에 예준이를 최연소 작가로 초대하며 다시 한번 러쉬코리아와의 인연을 그가 이어주고 있었다. 러쉬코리아 우미령 대표의 이런 선한 영향력과 한젬마 감독의 행보 덕분에 예준이에게도 작품 전시라는 기회와 또 한 번 세상 밖으로 한 걸음 나아갈 기회가 주어지니, 이 반가운 소식을 마다할 이유가 없었다.

'아니, 그나저나 30호라는 말이 뭔 소리지?'

난생처음 30호 크기라는 표현을 들어봤기에, 그게 뭘 뜻하는 숫자인지 미술용어 의미조차 생소했다. 나는 차마 그 순간, "저, 감독님! 죄송한데 30호가 무슨 뜻이에요?"라고 전화기 너머로 질문조차 못 하고 무작정 그의 제안을 넙죽 받아들이는, 그야말로 미술에 무지한 엄마일 뿐이었다. '에라, 모르겠다. 아무러면 어떠냐. 시작이 반이랬다고! 모르면 지금부터 배우고 알아가면 되지. 안 그래?' 전화를 끊은 그 순간, 혼잣말로 용기를 재충전했다.

그날 이후부터 회화 작품 크기 구별법을 구구단 외듯 외우려 노력했고, 회화재료학에 관한 책이며 미술에 관한 상식부터 인터넷으로 공부하기 시작했다. 그 덕분에 화방 사장님, 액자가게 사장님과 친분도 생겼다. 작품의 마감 처리부터 보관법까지 유튜브로 현대미술 작가들의 작업실 인터뷰 영상을 구독하면서 예준이에게 참고하면 좋을 작업 방식을 스크랩했다. 미술관이라는 곳을 아들 덕분에 자주 가기 시작했고, 길을 오가며 눈에 들어오는 간판과 포스터 사진을 찍는 날이 많아졌다. 러쉬 매장에 들러 풍경과 향기도 스케치하기 시작했다.

나는 미대 출신도 아니요, 입시 미술학원 멘토도 없었기에, 나만의 속도로 스스로 배우고 알아낼 때, 마치 나 자신이 아들만의 멘토가 되어가는 듯했다. 이 여정은 첫사랑에 빠진 사람처럼 마냥 설레고 행복했다. 그때마다 내 곁엔, 항상 내 아들 예준이가 있었다. 화방의 재료가 가지는 고유의 냄새와 재료를 고를 때 짓는 아들의 미소가 나를 설레게 했다. 알 수 없는 힘이었다. 그때를 돌이켜보면, 아들의 작품이 '러쉬 아트페어'에 최종 선정되고 말고는 이미 중요하지 않았다. 무엇이 나를 그토록 가슴 설레게 했을까?

나와 아들이 치료실이 아닌 화방이라는 그 낯설고 새로운 곳에서 좋아하는 미술 재료를 고르고, 작업실에서 그림에 도전하려는 이 모든 과정을 스스로 선택해 자신을 초대하고 있다는 것만이 중요할 뿐이었다. 놀랍게도 예준이와 나는, 때론 친구이자 작가 그리고 매니저라는 관계가 되어 이 과정을 즐기고 있었다. 아들이 주인공이며 작가이기에 이 모든 과정이 혹시 예준이의 의지가 아니라, 채워지지 않는 내 욕심이 아들을 이끌고 있지는 않나…. 나는 밤마다 기도 안에서 답을 구하며 나를 돌아보았다. 그렇게 예준이의 생애 첫 30호 크기의 멸종위기동물 작품은 거실 작업대에서 시작되었고 그 순간은 고스란히 내 카메라에 담겼다.

미술 회화 작업을 한다는 건 예준이에게 삶의 쉼표요, 비상구였다. 내겐 호주머니 속의 박하사탕 두 알처럼 언제든 꺼내먹으면 당이 충전되는 행복으로의 초대장이었다. 그래서일까? 학교에서 아이들에게 놀림을 당하거나 치료실에 다녀와 파김치가 된 날에도 나와 예준이는 평소처럼 한숨을 내쉬거나 절망하지 않았다. 하교 후에도 즐기며 작업할 그림이 아들을 오매불망 기다리고 있었고, 작품을 즐기며 완성해가는 아들의 모습을 바라본다는 나만의 설렘이 기다리고 있었기 때문이다.

'아니, 이게 말이 돼?'

처음엔 영국 사치미술관 티켓을 시작으로 멸종위기동물 러쉬 아트페어를 준비하고 있는 이 모든 것이 꿈인가 생시인가 싶어 몇 번은 볼을 꼬집어보는 날도 있었다.

'그래, 예준이도 무언가 누구의 도움 없이도 시키지 않아도

스스로 잘할 수 있는 것이 있구나. 그래 이거였어. 유레카!’
　한젬마 감독의 전화 한 통은 아들에게 꿈을 향한 도전, 그리고 가능성이라는 하늘의 메시지를 담고 온 것이라고 나는 지금도 믿고 있다. 그 덕분에 다양한 색연필의 종류와 건식 재료를 알게 되었으며 새로운 도전을 거부감 없이 받아들일 수 있는 계기가 되었다. 이런 기회가 아니었다면, 아니 하늘이 나를 돕지 않았다면, 초등학생 아들이 이렇게 큰 그림에 도전해야겠다는 엄두는 전혀 못 냈을지 모른다. 작업의 반경을 넓혀가며 아들이 더 크게 30호에 그려내는 멸종위기동물은 새로운 생명의 옷을 입고 하나둘씩 자기만의 색으로 태어났다. 감사하게도 예준이의 작품이 당당히 대학로 러쉬 매장 앞을 환히 밝히던 날, 나는 그날을 지금도 잊을 수 없다.

　2025년 봄. 텔레비전 한 교양 프로그램을 보던 중 반갑게도 러쉬코리아 우미령 대표가 나오는 게 아닌가? 그의 집무실과 자택을 찾은 유명 연예인과 정신과 의사가 그를 인터뷰하는 토크쇼였다. 그런데 그 순간 나도 모르게 화면을 뚫고 들어갈 기세로 계속 바라보았다. 몇 번을 다시 보기 버튼을 누르는 순간, 나도 모르게 눈물이 흐르고 있었다. 놀랍게도 우미령 대표의 인터뷰 장면 사이사이 보였던 배경 속에 예준이의 작품 멸종위기동물과 초상화가 내 시선에 들어왔기 때문이다.

'어? 어머머! 우리 아들 예준이 작품이다!'

얼마 전 개인전을 한 아들의 작품을 무료로 대여해주신 감사함을 담아 선물했던 초상화가 우미령 대표의 집무실 벽을 장식하고 있다는 게 텔레비전 화면을 보고 있는데도 도무지 믿어지지 않았다. 더군다나 우미령 대표에게 질문하는 정신과 의사이자 진행자는 다름 아닌 24개월 무렵 아들에게 아스퍼거라는 장애를 진단했던 의사였다. 그의 바짓가랑이를 붙잡으며 무릎을 꿇은 채 제발 살려달라 매달렸던 의사였기에, 그가 화면에 보이자 나를 젊은 시절의 예준이 엄마로 데려다놓고 있었다.

나는 그날 이후로 화면 속 의사를 다시 찾진 않았다. 이제와 생각해보면 당시 화면 속 의사는 24개월 아들을 향해 정신과 의사로서 정확한 진단을 내리며 약물치료를 권했을 뿐이다. 그의 말 한마디에 하늘이 무너질 듯 무릎을 꿇고 바짓가랑이를 붙잡으며 흘린 눈물은 아들의 장애를 받아들일 수 없다는 하늘을 향한 나의 절규일 뿐이었다. 그러나 나는 아들을 약물치료에만 의존하지 않았고, 장애도라는 섬에서 당당히 예술을 통해 아들과 멋지게 탈출했기에 텔레비전 화면

속 의사를 향한 승리의 미소와 젊은 시절 예준이 엄마를 향한 위로의 눈물을 흘려보내고 있었다.

나 스스로 하늘의 큰 시험을 통과한 것만 같아 가슴이 벅찼다. 그렇게 하늘은 러쉬코리아 우미령 대표를 통해 그 깊은 뜻을 내 눈앞에서 보여주시는 게 아닌가? 그래서일까? 내게 있어 러쉬코리아 우미령 대표는 감사를 넘어 내 마음의 한을 풀어준 은인으로 기억되고 있다. 이렇듯 장애 예술가의 가능성을 알아봐주고 이어주는 한젬마 감독과 발달장애인을 단지 동정의 대상이 아닌 작가로 알아봐준 러쉬코리아 우미령 대표의 행보는 남달랐다.

제1회 러쉬 아트페어를 시작으로 지금도 해마다 발달장애 작가들에게 회화 작품과 러쉬 제품이 콜라보하는 아트페어 전시 기회를 마련해주고 있다. 그뿐 아니라 작가들 작품의 컬렉터가 되어 발달장애 작가들의 좋은 작품들이 세상 밖으로 나갈 날개를 해마다 달아주고 있으니, 러쉬코리아 우미령 대표와 한젬마 감독의 멋진 행보는 지금도 진행 중이다.

“예준이는 ‘소아 신부전증’이 의심됩니다”

우연히 시작된 검사가 이렇게 무서운 답을 들고 올 줄 꿈에도 몰랐다

2023년 1월 3일, 유난히 시리던 새해의 어느 날. 예준이는 유난히 또래보다 키도 작고 좀처럼 옷이며 신발 크기가 변화가 없었다. 아들의 작은 키가 걱정되는 마음에 우리 부부는 대학병원 내분비내과를 찾아 성장판이며 소변검사, 피검사를 받아보기로 했다.

“두 분 가계도를 살펴보니 어머님도 키가 크시고 외가 쪽은 크신 듯한데, 아쉽게도 친가 쪽을 닮아 예준이 예상 키가 많이 크기는 어려울 듯합니다. 지금부터 성장 주사를 맞는다 해도 예상 키보다 3센티 정도 더 클 수야 있지만, 거인병이라는 부작용도 있을 수 있다는 점 감안하셔야 하고요. 병원 측에서 주사 놓는 법은 지도해드리니 매일 부모님께서 직접 주사를 놓으셔야 합니다. 그리고 이 주사가 비보험이라 매월 비용 또한 상당히 든다는 거 알고 계시죠? 앞으로 성장 주사에 대한 선택 여부는 부모님이 판단하시면 됩니다.”

내분비내과 교수의 말에 남편과 눈이 마주치던 순간, 176센티인 남편의 키가 어찌나 작게 보이던지, 안 닮았으면 하는 키 유전자는 왜 하필 물려줬을까 싶은 생각에 원수가 따로 없어 보였다.

‘아니, 거인병이라니? 고작 3센티 키우자고 거인병의 부작용을 끌어안은 채 매일 저녁 내가 주사를 놔야 한다고?’ 생각만 해도 아이에게 잔인한 고문이었다. ‘그래, 어쩌겠냐. 숏다리는 예준이 네 운명인가 보다.’ 그렇게 포기하려던 바로 그 순간.

“저, 그보다 예준이 소변에서 지금 단백뇨가 관찰되는데 두 분 모르셨어요? 이 정도면 소변에서 거품도 제법 관찰되었을 텐데요. 일시적일 수 있으니 일단 놀라지 마시고요. 먼저 신장내과로 협진의뢰서 써드릴 테니 콩팥 정밀검사를 받아보시길 바랍니다. 이게 원인이라면 단백뇨로 인한 키 성장은 계속 더 문제 될 수 있습니다.”

그 순간, 남편 키에 대한 원망이고 뭐고, 의사의 말 한마디에 놀란 우리 부부는 키 성장에 대한 고민도 잠시, 바로 신장내과 교수까지 협진을 마쳤다. 그리고 다음 날 결과를 듣기 위해 병원을 재방문했다.

"소아 신부전증이 의심됩니다. 그리고 이 아이가 발달장애라고 기록되어 있는데, 그렇다면 그동안 뇌파나 뇌 MRI를 찍은 적 있나요?"

"네? 신부전증요? 아니요. 만 7세 때 복지카드를 받긴 했지만, 예준이는 뇌병변 장애 쪽이 아니다 보니 정신과 선생님들께서도 MRI나 뇌파를 촬영해도 자폐성 장애의 경우 문제점은 나오지 않을 거라고 하셔서 지금껏 촬영한 바가 없습니다."

"저는 이참에 전반적으로 촬영을 한번 해보는 게 어떨까 해요. 그리고 일단 한 달 후 소변검사와 혈액 재검사 후 다시 뵙겠습니다. 나가보셔도 좋습니다."

"저 교수님, 그러면 한 달간 지금부터 뭘 어떻게 해야 하죠? 하다못해 무슨 음식을 조심해야 하는지라도 알려주시면…."

"성장 시기 어린이라 딱히 주의사항으로 안내할 사항은 없습니다. 신장이식센터를 미리 알아보시길 바랍니다."

신장내과 교수에게서 검사 결과를 듣는 5분 동안, 마치 내게 사형선고가 내려지는 것 같았다. 진료실을 나서는 순간 나는 그 자리에 주저앉고 말았다. 그의 말 한마디는 예준이가 장애 판정을 받을 때보다 더한 고통으로 내 가슴을 깊숙

이 찔렀고 숨조차 쉬어지지 않았다.

그 순간, 덜컥 중학생 시절의 내 짝이 떠올랐다. 급성 소아 신부전증으로 중학교 1학년을 유급하며 함께 졸업하지 못했던 아이. 시간이 흘러 결혼 소식이 들려왔지만, 아기도 낳을 수 없을 만큼 아프다고 했다. 하루는 친정엄마가 그 친구가 마흔 무렵 안타깝게도 하늘나라에 갔다는 소식을 들고 왔을 때 신부전증의 위험성을 어느 정도 인지할 수 있었다.

'설마, 예준이가 급성 소아 신부전증이라고? 그럴 리가? 하늘도 무심하시지. 그럴 리 없어. 이건 꿈일 거야.'

나는 돌아오는 차 안에서 아이에게 들킬세라 소리 없이 눈물을 흘렸다. 그 탓에 집에 돌아와 벗은 마스크 속은 이미 흠뻑 젖어 있었다. 평소 말이 없는 남편도 인터넷으로 신부전증을 검색하는 뒷모습에 집에 돌아와서도 우리 부부는 서로 말을 섞지 못했다.

"엄마, 엄마! 나 어떡해. 예준이 단백뇨가 새고 있어서 신부전증이 의심된대. 내가 인터넷으로 검색해보니 신부전 환자는 먹을 수 있는 게 많이 없어. 제한할 것도 많고. 엄마! 우리 예준이 어떡해…. 나 무서워. 기도해줘."

얼마나 두렵고 무서웠던지…. 철없는 아이처럼, 결국 친정엄마를 목 놓아 부르며 엄마 품으로 숨어들 때 나도 아직은 엄마가 필요한 어린아이에 불과했다.

아들의 키 걱정에서 우연히 시작된 검사가 이렇게 무서운 답을 들고 올 줄 꿈에도 몰랐다. 하루아침에 나는 지옥 불에 던져졌다. 그때부터 24시간 화장실을 따라다니며 아들의 소변 관찰이며 음식 관리에 들어갔다. 의사는 아무것도 해줄 것이 없다고 했지만, 인터넷으로 신부전을 검색해보며 저염식이며 무염의 환자식 배달 사이트도 검색해보고 콩팥에 좋다는 음식도 찾아보았다. 그리고 나는 매일 밤 기도를 올리며 눈물 속에 밤을 새우는 날이 많아지기 시작했다.

'주님, 어디에 계시나이까? 제 기도를 들어주세요. 그저 제 새끼 목숨만 지켜주세요. 제가 짊어진 십자가가 더는 견디기 힘들어 당신을 부르짖사오니 제 기도를 들어주세요.'

비 오던 날, 마스크를 쓴 채 4차선 교차로에서 나도 모르는 사이 세상을 향해 소리 내어 기도하기 시작했다. 차량 소음과 빗소리는 내 기도 소리조차 집어삼켰고, 길거리에서 서럽게 우는 나를 쳐다보는 이도 없었다. 그저 내가 쓰고 있는 마스크 하나가 유일하게 내 얼굴을 쓰다듬듯 눈물을 감싸고 있을 뿐이었다.

'주님, 예준이 목숨만 지켜주세요. 아버지, 제 아들을 살려주세요. 당신의 깊은 뜻을 위해 저를 도구로 써주십시오. 봉사하며 살겠습니다.' 간절히 온 마음으로 기도를 올리던 그날을 나는 지금도 잊을 수가 없다.

자고 일어나면 살이 빠져 있었다. 그때 처음 알았다. 염분이 없는 음식이 이렇게 맛이 없구나, 도무지 먹을 수가 없구나. 그렇게 예준이가 저염식을 넘어 무염식에 가깝게 한 달을 시행하자 예준이도 몸무게가 빠르게 줄기 시작했다. 그런데도 순한 아들은 거부하지 않고 내가 주는 무염식을 꼭꼭 씹어가며 먹기 시작했다.

"윤경아, 그러지 말고 다른 대학병원도 가보자. 혹시 모르잖니."

"엄마, 의료 장비 컴퓨터로 나온 결과가 설마 타 병원에 간다고 다르겠어?"

친정엄마는 하루가 다르게 힘들어하는 나를 보다못해 남편을 설득했고 결국 서울대학병원을 추천했다. 코로나 시기라 특진 교수 예약은 이미 마감된 상태였지만, 아쉬운 대로 조교수 의사에게라도 대기를 잡던 중 갑자기 병원으로부터 연락이 왔다.

"보호자 분, 예약하신 교수님이 하필 코로나에 확진되어 강희경 특진 교수님께 초기 외래진료로 변동할 수 있게 되었습니다. 괜찮으실까요?"

임상경험이 많지 않은 분으로 예약되어 아쉬웠는데, 그분의 코로나 확진으로 자연스레 특진 교수를 뵙게 된 것도 너무 신기했다.

"자, 봅시다. 예준이 가족력이 없죠? 우선 아이 육안으로는 부종 상태는 없는데 타 병원 결과상 여전히 단백뇨가 좀 보이고, 타 병원에서 심부전 얘길 하셨다니 유감스럽네요. 왜 발달장애 아이에게 뇌 관련 검사를 다 하라고 신장내과에서 추천하셨는지는 모르겠습니다. 저는 소아신장내과 교수로서, 정신과 선생님들도 의뢰하지 않는 진료를 신장내과에서 추천할 필요는 없다고 봅니다. 그리고 어머님, 장애 아이를 키우시면서 이미 마음이 힘드셨을 텐데 심부전증 얘기까지 들으셨으니…. 그만 우세요. 지금 너무 힘들어 보이시는데, 자, 이렇게 합시다. 지금 예준이가 공복이라면, 몇 주를 기다렸다가 재방문해서 검사하느니 오늘 조금 힘들어도 오후 4시까지 기다렸다가 혈액검사, 소변검사, 초음파까지 동시에 진행할까 하는데, 괜찮으실까요?"

서울대 신장내과 강희경 교수, 그의 강단 있는 목소리가 고개를 떨구며 울고 있는 내 마음을 어루만졌다. 그렇게 기적처럼 대학병원 진료 당일에 예약도 없이 모든 진료를 처음부터 다시 하기로 했다. 그 덕분에 오후 4시까지 내 곁에 기댄 채 예준이의 금식이 시작됐다. 내 새끼가 아무것도 입에 넣지 못하고 있기에, 나 역시 물 한 모금도 넘길 수 없었다. 무더운 여름이 아니기에 자주 물을 마시지 않아도 돼 감사했고, 짜증 한번 없이 내 품에서 금식하고 있는 아들의 작은 체구마저도 감사했다. 평소 같으면 최소 한 달을 기다려 재방문하고 결과를 듣기까지 1시간은 족히 대기하는 게 대학병원이거늘, 오늘 그것도 당일 모든 검사를 한 번에 다시 할 수 있다는 것도 기적이요, 감사였다.

그랬다. 감사는 멀리 있지 않았다. 그 순간, 초음파실에 들어가는 아들의 손을 꼭 잡은 채 마음속으로 오롯이 감사기도를 계속 올릴 뿐이었다. 모든 재검이 끝나고 외래 진료실 문 앞에서 검사 결과를 기다리는 그 순간까지 입이 마르고 피가 마르는 순간, 간호사 입에서 예준이 이름이 호명되었다.

"자, 기다리느라 고생 많으셨어요. 봅시다. 예준이 오늘 결과가…."

강희경 교수의 한마디가 시작되자, 나도 모르게 차디찬 바닥에 무릎을 꿇고 울고 있었다.

⦂ 나는 그저 하늘과의 약속을
지키고 싶었을 뿐이다

봉사의 출발을
결심하다

"네, 예준이가 지금도 단백뇨가 새고 있는 건 맞네요. 그런데 제가 볼 때는 일시적인 기립성 단백뇨로 보입니다. 아침 첫 소변이 좀 더 정확하지만, 기립, 즉, 서 있는 자세일 때 성장기에 더러 이런 일시적 단백뇨가 관찰되기도 하죠. 심지어 군대 갈 나이까지 이런 사례가 나타나다가 성장이 멈추면 자연스레 사라지기도 해요. 그러나 정확한 수치를 위해 앞으로 6개월에서 1년 단위로 추적관찰은 필요해 보입니다. 현재 가족력이 있는 것도 아니고, 제가 보기엔 심부전을 걱정하실 정도는 아닙니다. 평소처럼 학교 급식도 평범하게 하시고, 이번 기회에 식습관을 저염식으로 고쳐보시면 좋겠어요. 당장 무염식까지 하는 건 성장기 아이에게 오히려 위험합니다. 많이 놀라셨을 텐데 힘내셨으면 해요."

“교수님, 살려주셔서 감사합니다. 감사합니다.”

그 순간 나는 얼마나 울었을까? 나도 모르게 강 교수의 말 한마디에 다리의 힘이 풀려 무릎을 꿇은 채 일어서지 못했다. 마치 내 새끼 목에 칼을 겨눈 듯한 공포가 사라지자 목이 메어 나도 모르게 감사의 눈물이 흐르고 있었다.

‘그래, 아니면 된 거야. 이거면 된 거야. 주님, 감사합니다. 당신의 살아계심을 느끼나이다. 아멘.’

그야말로 강희경 교수를 통한 주님의 말씀 한마디에 세상이 환히 빛나며 내가 다시 태어난 기분이었다. 아들의 목숨을 위협받는 공포를 겪어보니, 장애 판정을 받던 때의 고통과 비교하면 과거의 마음고생은 아무것도 아니요, 키가 크고 작은 고민 따위가 얼마나 하찮은 것이었는지를 몸소 깨닫는 순간이었다. 전 대학병원 교수를 상대로 오진과 과잉진료에 대해 고소하고 싶었지만, 그 또한 시간 낭비란 생각이 들었다. 나는 그저 아들과 살아갈 수 있다는 사실 그 자체만으로도 ‘감사’가 절로 입에 매달렸다.

역시나 친정엄마의 말씀은 옳았다. 병원은 한 곳만 방문할 것이 아니라 적어도 두 곳 이상을 방문하고 그 결과를 받아들여야 했다. 그날 이후 지금까지도 예준이는 아침 첫 소변을 꼭 확인하는가 하면, 저염 식습관을 꾸준히 실천하며 그날의 눈물 기도를 마음에 새기고 있다. 하늘은 그렇게 또 한 번 예준이 엄마로 단단히 오늘을 살게 하셨다.

내가 '그림 엄마' 커뮤니티에 가입한 지 1년 남짓 된 어느 날, 하루는 온라인 화상회의를 통해 '그림 엄마'에 가입한 국내외 발달장애 작가 부모들과 한젬마 감독이 첫 대면을 하는 날이 있었다. 70여 명의 어머님이 화면으로 반갑게 인사를 나누며 자기소개로 온라인상의 만남을 열던 저녁.

"저, 서울에 양예준 작가 어머님! 예준이 공모전 노하우를 저희 '그림 엄마' 커뮤니티에 올려주시는 '공모전 딜리버리 맘' 부탁드릴까 하는데 괜찮으실까요?"

갑자기 한젬마 감독, 그가 나를 호명하며 '그림 엄마'의 공모전 소식 담당을 부탁하는 게 아닌가?

"네? 저요, 제가요?"

누구보다 욕심이 많고 완벽해야 직성이 풀리는 나였기에, 처음엔 그의 제안이 그다지 반갑지 않았다.

'맙소사! 아니 왜? 저 많은 엄마 중에 하필 나를 지목하신대? 나만의 노하우인데 내가 왜 구태여 여기다 풀어놔야 하지? 그리고 내가 봉사하겠다, 먼저 손을 든 것도 아닌데 하필 저 양반이 왜 나를 시키시는 거야? 아, 정말 속상하게 지금이

라도 싫다고 거절해? 말아?'

나는 표정 관리가 몹시 난감해져 인터넷 화면으로 보이는 수십 명의 발달장애 작가 엄마들 사이로 어정쩡한 미소만 만들고 있었다.

"네, 감사합니다. 응답하신 것으로 알고 여러분 박수! 자, 다음 주제로 넘어가겠습니다."

결국, 미소로 망설임의 2초가 흐르던 바로 그 순간, 버스는 떠났고 거절의 손을 들기엔 이미 늦어버렸다.

'맙소사, 어쩌지? 에라 모르겠다! 그래, 이왕 이렇게 된 거 일단 공모전 소식! 까짓거 열심히 올려보지, 뭐. 그래 잊지 마, 장윤경! 내가 예준이 단백뇨로 삶이 두려울 때 하늘에 올린 기도를 잊으면 안 돼. 그리고 그간 한젬마 감독에게 감사함을 돌려드릴 방법을 생각하니 이만한 것도 없어! 안 그래?' 나는 봉사의 출발을 결심했다.

평소 누구보다 승부욕이 많고 지는 것을 싫어하는 욕심쟁이 놀부 심보인 내가, 그간 경험해온 나름의 공모전 합격 노하우를 그림 엄마 회원들을 위해 하나둘씩 꺼내놓으려니, 그 어색함은 말할 것도 없고 어쩔 수 없이 내 안에 욕심을 조금은 남겨두고 싶었다.

그러던 어느 날, 나에게 문자메시지 하나가 날아왔다.

'안녕하세요. 양예준 작가 어머님. 저는 부산에 사는 ○○ 작가 엄마입니다. 예준 작가 어머님 덕분에 저희 아들이 상을 받아서 너무 기쁘고 감사한 마음에 문자 드립니다. 예준이 어머님이 올려주시는 공모전을 보면서 저도 도전하게 되었습니다.'

몇 달이 지나고 해가 거듭될수록 이런 문자들을 제법 받게 되었다. 카페 회원수가 점차 늘어나는 게 눈에 보이는가 하면, 내가 올린 공모전 소식을 구독하는 팔로워 수도 늘고 있는 게 아닌가? 그야말로 놀라운 나비효과를 목격했다. 놀부처럼 욕심이 많아 양손에 쥐고도 남에게 나눠주지 못하던 내가 공모전 딜리버리 맘을 하면서 신묘하게도 남에게 조금 나누었을 뿐인데 내 기분이 더 좋아지는 걸 경험했다.

어떤 부모 중에는 내가 올린 정보만 구독하며 자신의 아이디는 공개조차 하지 않고 온라인 공간에 숨는 사람도 몇몇은 보였다. 하지만 대부분의 장애 작가 어머님들은 내게 이렇게 말했다. '고맙습니다. 덕분에 저희 아들이 상을 받았어요. 예준이 어머님 덕분입니다.' 문자메시지로 그 마음을 전해왔고 그 글귀 한마디에 남아 있던 내 안의 욕심이 사라지며 나눔이라는 참된 행복을 경험하게 했다.

'윤경아, 하늘의 덕을 쌓아야지. 그래야 예준이가 이다음에도 잘되니 내 아들만 잘되면 된다는 마음을 버려야 해.' 친정 엄마가 늘 하시던 말씀이 다시 한번 귓전에 맴돌았다. '그래, 발달장애인들은 누구보다 서로 똘똘 뭉쳐야 세상을 향해 외치는 거대한 힘의 소용돌이를 만들 수 있어. 내가 그런 나비효과 중 한 사람이 될 수만 있다면 된 거야. 안 그래?' 그렇게 나는 나를 위로하면서 아들을 살려주신 하늘에 감사의 기도를 지금도 매일 봉헌하고 있다. 신기하게도 내 욕심 하나를 내려놓자 하늘은 그 마음을 알아주시며 앞으로 꺼내놓을 많은 기적의 이야기를 보여주셨다.

사람들은 내게 말한다. '예준이 엄마 봉사 열심히 한다'고. 아니다. 나는 그저 하늘과의 약속을 지키고 싶었다. 나 자신과의 약속이며, 리더 맘이라는 자리를 통해 나눔의 의미가 얼마나 값진 것인지 지금도 매 순간 체험하고 있다. 오히려 '그림 엄마'의 많은 발달장애 작가와 부모들을 통해 감사를 배우고 기적을 만나고 있을 뿐이다. 발달장애 자식을 키우고 있는 나도 매 순간 살아가며 왜 다 내려놓고 도망치고 싶은 순간이 없었겠는가.

"장윤경 님, CT상에 담도 이상이 관찰되었고 담낭이 좀 부어 있어요. 대학병원에 추후 방문하셔서 추적관찰이 필요해

보입니다.”

2025년 첫 칼럼 원고를 넘기고 난 다음 날, 내과 의사로부터 들은 청천벽력 같은 소식으로 새해를 시작해야 했다.

‘말도 안 돼! 어떻게 나한테 이런 일이…?’

평소 술, 담배 한번 한 적 없는 내 몸에 왜 하필 이런 불청객이 찾아왔는지 처음엔 하늘이 원망스러웠다. 그러다가도 ‘이러다 내가 잘못되면 우리 예준이는 어쩌지? 그리고 1년간 칼럼 연재를 약속했는데 이 약속은 어쩌라고 이런 일이 생기는 거지?’라는 생각에 건강 걱정을 넘어 급기야 공포까지 밀려와 잠 못 이룬 채 우는 날이 많았다.

그런 날은 무심코 인터넷에 물었다. 담도, 담낭 검색어를 찾기 시작하자 꼬리에 꼬리를 물고 암에 관한 정보를 내게 배달해주었고, 결국 공포라는 감옥에 넣다 못해 공황상태로 만들기 시작했다. 마치 내가 이미 암 환자가 된 것처럼 목숨을 조여오는 듯해, 결국 더는 인터넷에 건강 관련 검색을 하지 않기로 했다. 그때 알았다. 내가 할 수 있는 것이라곤 오직 기도뿐임을.

‘그래, 어떻게든 되겠지. 피할 수 없으면 병마가 찾아온 것도 받아들이는 거야.’

2026년 2월, 다시 한번 세 번째 담도 MRI 검사를 앞두고 있다. 어쩌면 올해 10년간 아들을 키워냈던 추억으로의 시간여행 덕분에 건강에 대한 염려도 잊은 채 하늘에 맡겨둘 수 있었고 그저 행복했다. 그랬다. 내가 고민한다고 해서 내 몸이 달라지는 건 아무것도 없었다. '어쩌면 내가 더 건강하게 오래 살기 위해 나를 돌아보는 좋은 시간이 지금임을 하늘이 알려주시는 건 아닐까?'라는 생각으로 바뀌자 그저 감사가 흘러넘쳤다.

감사는 멀리 있지 않았다. 내게는 개인적으로 힘들고 어려운 일이 유독 많았던 해였지만 이 또한 글을 쓰며 견딜 수 있도록 허락해주신 것도 하늘의 선물이요, 은혜이고 축복이었다.

'나만의 이야기가 아닌 우리 모두의 기적임을, 내년에 더 건강한 모습으로 기적의 이야기를 이어가길 기도하며…. 아멘.'

오늘도 아이 '때문'이 아닌

'덕분'에 살아가는 모든 부모에게.

색연필을 흔들던 아이는
어떻게 천재 화가가 되었을까

세상에서 가장 느린 그림, 사치갤러리에 가다

초판 1쇄 발행 2026년 4월 2일

지은이 장윤경
펴낸이 신재옥
디자인 공중정원

펴낸곳 스미다
출판등록 제2025-000072호
이메일 smida@smidabooks.com
인스타그램 @smidabooks

글 © 장윤경, 2026
그림 © 양예준, 2026
ISBN 979-11-995175-4-7 03810